W0359323

Collection Floralies

LE SAUVAGE DE MINUIT

LE SAUVAGE DE MINUIT

A la librairie TALLANDIER

Dans la même collection :

1. Le Bonheur est pour demain. MAGALI.
2. L'Homme qui venait de l'océan. LISA MERCŒUR.
3. La Croix dans le cœur. ROBERTE ROLEINE.
4. L'Indésirable. CAROLINE GAYET.
5. Karim, des îles chaudes. ROBERT KENO.
6. La dame des émirats. JACQUELINE MIRANDE.
7. La Croisière créole. LILIANE ROBIN.
8. Le Château vert. DENISE NOËL.
9. Cinq jours pour aimer. ROBERT ROLEINE.
10. Prisonnier d'une ombre. HÉLÈNE SIMART.
11. Les Anneaux du bonheur. SAINT-BRAY.
12. Pour toi, Margarita. F. DE SAINT-QUENTIN.
13. Et ton pays sera le mien. MEG AULNAY.
14. Le quatrième cavalier. DOMINIQUE DORY.
15. Mirage à Los Angeles. NELL PIERLAIN.
16. Les Nuits de la Commanderie. CLAUDE VIRMONNE.
17. Aude et le pirate. DENISE NOËL.
18. La Pagode d'argent. CLAUDE-ANDRÉE BERT.
19. Vert-Paradis. VICKY BERNIER.
20. L'Escalier de dentelle. LORENA.
21. Le Baladin du désert. DOMINIQUE JOSS.
22. Un amour tombé du ciel. LISA MERCŒUR.
23. La Passagère de la Désirade. MARJORIE ELVANS.
24. Le Sauvage de minuit. ÉLISABETH BONTEMPS.
25. L'Alcôve vénitienne. CHRIS WALMER.

ÉLISABETH BONTEMPS

LE SAUVAGE DE MINUIT

LIBRAIRIE JULES TALLANDIER
17, rue Remy-Dumoncel, PARIS (XIVe)

LE SAUVAGE DE MINUIT

CHAPITRE PREMIER

— Cette fois, c'est lui ! annonça Juste Cazenove. Une voiture pareille, ça ne trompe pas.

Evelyne reposa le stylo avec lequel elle notait, sur le grand livre de comptabilité, les mises en bouteilles et les sorties « clientèle ». Elle se laissa glisser au bas du très haut tabouret du bar-dégustation. C'était la pièce de réception du chai. Immense, avec d'épais murs de pierre qui entretenaient une fraîcheur permanente en toutes saisons. Il en était de même dans le local, de l'autre côté de la porte par laquelle Juste venait de disparaître, là où le vin de l'année macérait dans de formidables cuves en forme de tonneaux debout.

Dehors, le soleil brillait, mais Evelyne frissonna. L'instant fatidique était-il donc vraiment arrivé ? Elle tenta d'apaiser ses lourds cheveux d'un blond d'automne, d'une main tremblante, tira sur sa jupe noire, rentra son corsage d'un blanc strict. Elle atteignait à peine la porte quand le visiteur annoncé sortit d'un bond de sa voiture sport, au luxe tapageur, et se dressa de toute sa hauteur dans l'éclatante lumière du ciel pur. Evelyne se sentit glacée devant cette stature impressionnante. Comment se pouvait-il que ce soit elle qui fasse les honneurs du domaine à cet homme ? Elle se sentait emportée par un tourbillon de révolte. C'était trop injuste !

— Hello !... C'est magnifique !

Il avait une voix magnétique, un visage dur, une chevelure brune légèrement frisée et, surtout, emmêlée par le vent de son voyage en décapotable. Son costume clair, parfaitement coupé, laissait deviner la force dont il éclatait. Evelyne restait clouée au sol.

Le visiteur fit le tour de son engin, les yeux toujours fixés sur le panorama de la vallée que l'on pouvait découvrir mieux encore de l'autre côté de la terrasse. « Magnifique ! »

— Bonjour, monsieur. Je suis Evelyne Dandrieux.

Il ramena sur elle, si menue et raide sur le fond d'ombre de la porte du bâtiment des chais, un regard qui cligna un peu. Puis il la détailla, posément. Une statuette de Tanagra, cette jolie fille !

— Bonjour, madame. Je suis Ralph Randalle.

Elle sentit sa main emprisonnée dans une paume chaude. Brusquement, l'homme se pencha, effleurant le poignet gracile de ses lèvres fermes. Evelyne ne pouvait dominer le tremblement nerveux qui l'agitait. Elle s'effaça, découvrant le seuil, invitant du geste l'arrivant à entrer. Ce qu'il fit d'une enjambée. Il leva immédiatement la tête vers le plafond en voûte où les poutres veillaient. Comme tous, il ne devait voir le décor de la salle sombre qu'à travers le brouillard que la clarté aveuglante du dehors lui avait laissée aux yeux.

— Je vous en prie, monsieur, voulez-vous vous asseoir ?

Il était tellement pris par son examen des lieux qu'elle dut poser légèrement ses doigts sur la manche du costume de tussor. Mais qu'est-ce qu'elle avait donc à trembler ainsi ? Après tout, ce n'était pas la première fois ! Jusque-là, elle avait été toujours déçue. Mais là, Me Bompart lui avait certifié que cet acquéreur étranger possédait un répondant très sérieux, et qu'il cherchait vraiment une affaire comme celle des Côtes de La Rouzille. Sans doute était-ce cet espoir, très réel cette fois, qui éprouvait ainsi les nerfs d'Evelyne.

Acceptant son invite, l'homme s'était assis sur une des chaises à haut dossier plat qui bordaient les deux extrémités de l'extraordinaire table de bois brut, taillée dans toute la longueur d'un chêne séculaire. Il ne fallait pas moins de deux longs bancs mis bout à bout pour border ce meuble splendide.

— Puis-je me permettre de vous offrir une « dégustation », pour vous rafraîchir ?

— C'est une idée qui tient du génie ! affirma la voix nette, presque sans accent, de l'étranger.

Il devait être habitué maintenant à l'ombre de la salle. Il l'examinait en silence, approbateur. Evelyne, ayant été cueillir deux verres à pied sur le bar ainsi qu'une bouteille enveloppée d'un linge blanc, expliquait :

— C'est de la dernière cuvée. Il est jeune et frais. Quand il aura vieilli, il sera un grand millésime. Pour l'instant, il vous rafraîchira mieux que tout autre, je pense.

Elle eut encore droit à l'examen direct de son interlocuteur. Pourquoi était-elle si guindée ? Les Françaises qu'il avait rencontrées jusque-là l'étaient moins, beaucoup moins. Lui faisait-il peur ? Ce serait amusant, mais sans plus. Il était là pour affaire. Sur ce sujet, on ne plaisante pas.

Il haussa le verre dans le maigre rai de lumière que dispensait une des hautes et étroites ouvertures de la façade.

— La couleur est belle. Vous n'allez pas me laisser seul, madame, à déguster cette promesse de millésime ?

Elle versa un peu du liquide odorant dans l'autre verre et s'assit à son tour sur une autre chaise à dossier dur. Même ainsi, l'homme lui parut écrasant. Il n'était pourtant pas d'une taille tellement au-dessus de la moyenne. C'était probablement son port de tête qui impressionnait. Il ne devait pas aimer se plaire en vagues flagorneries. Pourtant, il avait joué du baisemain, en habitué de ce geste. Pour Evelyne c'était la première fois et elle en sentait encore la douceur sur sa peau. Il ne devait pas savoir qu'elle n'était pas mariée. On n'use pas de cela envers une jeune fille. Qu'importait ! C'était un étranger. Elle attaqua :

— Me Bompart vous a dit... ?

— Oui. A priori, cela m'intéresse.

— Quand vous serez un peu reposé, j'appellerai le maître de chai pour qu'il vous donne tous les détails de technicité du travail.

Il protesta de la main.

— Pas la peine. Me Bompart m'a suffisamment vanté les qualités tant du produit que du personnel. A chacun son métier. Votre maître de chai est un roi du genre, paraît-il.

Comme elle avait l'air jeune ! Pourquoi le mari de cette beauté tremblante n'était-il pas là ? Ce n'était pas à laisser traîner, ce genre de perfection, même guindée, même figée !

— Je suis là pour visiter.

— Et moi pour vous guider.

— Je ne pourrais trouver cicérone plus agréable.

Soudain, il reposa son verre et éclata d'un rire sonore qui se répercuta en échos.

— Ah ! non... protesta-t-il devant la mine effarée de la jeune femme... nous n'allons pas continuer ainsi. Comment dites-vous chez vous... rester en glaçon ?

— De glace, rectifia-t-elle machinalement.

Jamais elle n'avait entendu quelqu'un rire ainsi.

— Ecoutez, madame, je désire...

Elle coupa :

— Excusez-moi, c'est « mademoiselle ». Je ne suis pas mariée.

— Ah ? Pourtant Me Bompart m'a dit... Vous êtes bien Mme Saint-Arral ?

— Il n'y a plus de Mme Saint-Arral. C'était ma grand-tante et marraine, la propriétaire du domaine.

— Ah ! bon...

Il suçota une coulée de vin frais avec l'habitude du connaisseur.

— Vous avez raison, il chauffe vite, ce petit jus. Il est plein de promesses.

Puis, changeant de ton :

— C'est donc vous, l'héritière ?

Il n'y avait aucun irrespect dans la voix directe ; mais Evelyne n'aima pas sa façon de toiser ses longues jambes au galbe parfait, souligné par les bas fins, au-dessus des escarpins vernis.

— Oui, je suis l'héritière.

Il souriait en lui-même et son regard le trahissait. Il avait l'expérience des femmes, et celle-là, il l'avait bien deviné, tentait, pour l'instant, de faire face. Elle en était presque attendrissante avec sa sévérité exagérée. Pauvre petite Française ! Elle avait de beaux yeux, mais il aurait bien voulu connaître la couleur de son sourire !

— Bien… dit-il en se levant d'un bond qui fit sursauter Evelyne… Je suis prêt.

Elle faillit tomber en se mettant debout à son tour, sans avoir tout à fait décroisé les jambes. Elle se sentit rattrapée au bras, presque à l'épaule, et les doigts chauds creusèrent leur appui à son aisselle. Debout devant lui, elle aurait voulu pouvoir soutenir son regard possessif. En vain… Il assourdit un peu sa voix.

— Résumons : c'est donc ici ce que vous appelez dans la région « le chai » ? Mais où est le vin ?

— Par là. Ici, ce n'est que la salle d'accueil et de dégustation pour les visiteurs curieux du panorama. Il est presque aussi réputé que le cru.

— Dites-moi comment vous pouvez maintenir une fraîcheur pareille quand il fait si chaud dehors ?

— Je ne sais trop moi-même. Hiver comme été, il fait environ 12 degrés. Cela tient sans doute à l'épaisseur des murs, à une certaine humidité du sol. Peut-être aussi à la hauteur de la voûte.

Maintenant, il voyait nettement le décor, magnifique dans sa sobriété. L'étonnante table, le bois brun dont était fait cette espèce de bar, les chaises qui évoquaient irrésistiblement des marquises en paniers bouffants, quelques hauts tabourets où les visiteurs devaient s'asseoir pour déguster les crus, à moins qu'ils ne le fassent debout, devant l'alignement des verres, décorés de serviettes en papier, pliées en éventail. Il y avait là le grand livre de comptes qu'Evelyne avait laissé ouvert. Aux murs, quelques instruments de culture des ceps, une selle de cheval, des fouets disposés en corolle, un soc luisant, et même un appareil à sulfater la vigne, dont le cuivre brillait. Tout cela paraissait ancré dans les pierres grises des murs, anobli d'avoir servi et d'en témoigner.

— Les chais sont par ici.

Elle avait poussé une porte basse, du même bois épais que la table et le reste. Ralph dut se baisser un peu pour passer. Il trébucha même sur la dénivellation du sol, fait, là, de terre battue.

— Oh ! excusez-moi. J'aurais dû vous prévenir.

Il lui lança un coup d'œil agacé. Il devait certes avoir l'habitude d'être servi. Et bien.

— Voici M. Juste Cazenove, le maître de chai... Justc, je vous présente M. Randalle. Voulez-vous lui faire les honneurs des chais ? Et lui donner toutes explications sur nos méthodes de travail ?

Ralph Randalle tendit une large main à Juste.

— J'en serai heureux, monsieur. J'ai un bon bout de terrain consacré à la culture de la vigne, chez moi aux U.S.A.

La poignée de main des deux hommes fut sans excès de chaleur. Juste était grand, lui aussi, et jeune pour occuper ces fonctions.

Evelyne, sans plus s'occuper d'eux, s'en fut vers

l'endroit où, autour des planches posées sur des tréteaux, des femmes enroulaient des bouteilles dans des paillons et du papier, rangées ensuite, avec soin, dans des caisses de livraison.

Un bon nombre, au sol, devraient partir le soir même. Le vin, comme une jolie femme, a ses caprices : il ne doit pas attendre. Même jeune. Et lorsqu'il est vieux, les voyages lui sont néfastes. De la double rangée des énormes cuves posées sur des socles aérés, comme de simples tonneaux ayant trop grandi et enflé, émanait une lourde odeur de bois mouillé, de fermentation sucrée et de terre. C'est là l'odeur spécifique du vin en macération. Plus loin, des rayonnages surchargés portaient des bouteilles étiquetées sous leur chape de poussière, le goulot tamponné de cire rouge, aux armes de La Rouzille.

Dans l'autre salle, un bruit de voix indiquait que Juste montrait, expliquait, tout en revenant, avec Ralph Randalle, du chai des crus en travail. Evelyne les voyait tous deux se découper à contre-jour, sur l'autre ouverture, de l'autre côté du bâtiment. De là, on avait une vue admirable sur la montée des côteaux d'en face, du Château de Clos Mailleuvre, et celui de Gamilard. Sur les bois de Courtène et la pente des ceps royaux de Clos Bousquer.

Puis les deux hommes disparurent, une fois encore dans la salle du Saint des Saints, la cave des vieux vins, devenus, pour certains, presque liquoreux. Il arrivait que des visiteurs de la région se découvrent et enlèvent leur béret, en y entrant. Peu, d'ailleurs, y étaient conviés.

Les emballeuses, autour d'Evelyne pensive, ouvraient des yeux interrogateurs. La petite patronne était si pâle ! Est-ce que cette fois serait la bonne ?

— Peut-être. Me Bompart m'a dit qu'il aurait été presque preneur, sans visiter.

— Encore un qui ne sait pas quoi faire de son argent ! Quaou mallure ! (1)

— Ne dites pas ça, Adrienne. Il tient l'avenir de La Rouzille, de ses crus, et votre travail à chacune, dans sa main.

Les derniers mots s'étranglèrent dans la gorge de la jeune fille.

— Prraouère ! (2) Qué dommage que vous ayez pas pu le garder cet héritage ! Sûr que Mme Saint-Arral ne s'attendait pas à partir si vite, vu qu'elle n'avait rien prévu pour le temps d'après elle ! Nous sommes tous mortels. Elle aurait dû...

Evelyne s'écarta. Oui, sa grand-tante et marraine aurait dû prévoir qu'après elle, le château, les vignes, tout serait vendu, dispersé. Elle aurait dû sentir s'affaiblir l'affaire que son mari et elle avaient menée gaillardement aux années de leur jeunesse, et que ce temps-là ne reviendrait plus.

(1) Quaou mallure : Quel malheur !
(2) Prraouère : Pauvre.

Evelyne entendit le loquet de la porte de la cave et mit un doigt sur ses lèvres, pour imposer silence aux bavardes.

Ralph Randalle écouta encore quelques informations que lui donnait Juste. Puis il revint à grands pas, sans prendre congé de son compagnon, vers la silhouette en strict corsage blanc, jupe noire et talons hauts.

— Impressionnant ! admit-il se tournant vers la jeune fille.

Désignant les cartons à terre, il interrogea :

— Et ça ?

— Les commandes du jour. Un camion de la S.N.C.F. viendra les prendre tout à l'heure, pour les mettre au train de 19 heures.

— Pourquoi n'avoir pas de camion à vous ?

Elle le regarda droit, sans répondre. Ne savait-il pas qu'on n'avait pas de quoi acheter même un camion ?

— Si vous voulez me suivre, je vais vous montrer la maison d'habitation.

Elle décrocha au mur une série de clés plutôt rouillées, enfilées dans un cercle de fil de fer. Dehors, dans l'aveuglement de la lumière et de la chaleur, elle se tordit le pied. Une nouvelle fois, le visiteur la retint par le bras, et elle sentit un trouble l'envahir brusquement. Il était temps que tout cela finisse. Ses nerfs étaient à bout ! Il était probable qu'elle avait eu tort de trop espérer que cet homme-là ferait cesser le cauchemar qu'elle vivait depuis deux mois déjà. Me Bompart l'avait trop encouragée dans ce sens.

— Là, il y aura des réparations, avertit-elle en choisissant dans les clés celle de la serrure d'entrée.

— Alors, c'est ça, le « Château » ?

Quel mépris dans cette voix ! Elle se rebiffa comme si elle était en cause.

— Je suis sûre que Me Bompart n'a pas prononcé le nom de « château » pour la maison, monsieur. Autrefois, ce n'était qu'une habitation gasconne de cru classé. A tout le moins une gentilhommière avec une petite tourelle, aujourd'hui détruite, sur le côté opposé à celui-ci.

— Alors, qu'est-ce qu'on appelle le « Château de La Rouzille » ?

Elle avait ouvert le battant grinçant, au haut de fer forgé, et s'était effacée pour le laisser entrer le premier, s'il lc désirait. Il n'en n'avait pas l'air. Il la regardait, elle ! Elle s'en énerva, pointa un petit menton agressif.

— Le « Château », c'est le nom du vin, monsieur. Ce sont les chais que vous venez de voir. Ce sont ces vignes qui déferlent sur la pente, cette terre... et tout le travail donné depuis de longues années pour en arriver à ce liquide que vous avez bien voulu qualifier de : «petit jus » !

Il ne réagit pas tout de suite, mais un éclair passa dans ses yeux sombres.

— Vous êtes furieuse. Pourquoi ?

Elle sentait ses genoux trembler. Elle avait besoin que cet homme achète le domaine. Et vite... Qu'est-ce que cela pouvait lui faire, à elle ? Il y avait deux mois que Juste lui avait, à son tour, fait visiter les lieux. Elle n'y avait pas d'attaches, ni de passé.

— Excusez-moi ! réussit-elle à balbutier.

— Entrez ! ordonna-t-il.

L'ayant suivie, il repoussa violemment la porte. Il faisait sombre dans le grand hall, mais délicieusement frais.

— C'est très simple. Ici, vous avez le grand couloir sur lequel donnent, à gauche, quatre pièces : le petit et le grand salon, la salle à manger et un bureau. A droite la cuisine, et une seule grande pièce qu'on aurait intérêt pour en faire un living ou un salon d'été à éclairer mieux, par de larges baies qui donneraient sur la terrasse d'où la vue est superbe.

Il fourrageait dans ses cheveux plutôt hirsutes et observait, non pas les pièces qu'Evelyne lui désignait, mais elle-même.

— Vous regrettez de devoir vendre, pour payer vos droits de succession ?

De quoi se mêlait-il ? Elle fit comme si elle n'avait pas entendu.

— Et voici l'escalier qui mène aux chambres.

Une raillerie intense fit, de nouveau, s'éclairer les yeux sombres de Ralph Randalle.

— Allons-y !

Elle montait devant lui et sentait qu'il devait détailler ses jambes, sans vergogne. S'il continuait ainsi, elle éclaterait avant que...

— Nous y voici.

Elle avait posé sa main sur la boule de verre bleuté qui ornait le haut de la rampe. Il appuya dessus ses doigts chauds.

— Répondez-moi : vous regrettez ?

— Non, dit-elle, glaciale, intérieurement exaspérée.

Il la lâcha. Elle se tourna résolument vers lui.

— Ecoutez, monsieur, je pense que Me Bompart vous a expliqué la situation, mais je vais vous la résumer. Je suis seule dans la vie. Mon père est mort à la guerre, ma mère quelques années plus tard. Je n'ai pas pu aller à l'Université, et...

— Dommage ! J'y étais, moi... J'aurais aimé vous y rencontrer.

Tout cela devenait grotesque. Ils n'étaient là, ni l'un ni l'autre, pour flirter ! Ou il était acheteur, ou il ne l'était pas. L'attitude qu'il prenait envers elle était du dernier mauvais goût.

— J'ai pris, faute d'argent, très peu de cours de sténographie. J'ai loué une machine à écrire pour apprendre, seule, la dactylographie. J'ai ensuite cherché une place. Les débutantes sont très peu demandées sur le marché du travail...

— Vous y êtes arrivée cependant ?

— Oui. Cela fait presque dix ans maintenant.

D'échelon en échelon, j'ai fini par être nommée chef du pool de sténo-dactylo.

« C'est alors que Me Bompart m'a retrouvée. J'avais une grand-tante, paraît-il, qui était aussi ma marraine et avec laquelle mes parents s'étaient fâchés peu après ma naissance. Cette grand-tante-marraine venait de mourir. J'étais sa seule héritière. Elle laissait un cru classé, dans le Bordelais : le Château de La Rouzille, sans désignation posthume.

— Vous êtes vraiment sa seule héritière ? Et elle n'a pas pensé que...

— Non. Je suis venue voir Me Bompart. Il m'a appris que pour toucher ce mirifique héritage en ruine, il me faudrait d'abord être sûre de pouvoir en assumer les frais de succession. Vous devez savoir qu'une employée de bureau, célibataire et sans autre bagage que son courage, n'a pas de « réserves secrètes ». Je ne pouvais payer ces droits, très élevés. La seule solution était : vendre.

« Me Bompart m'a quand même amenée ici. C'était en août. J'ai vu Juste Cazenove, ces femmes, tous angoissés de leur avenir. Qu'allaient-ils devenir si La Rouzille était abandonnée ? Je n'ai pu m'empêcher de me sentir responsable.

— Alors, vous avez décidé de vendre ?

— C'était la seule solution, m'a dit Me Bompart. Il m'a conseillé dans l'immédiat de remplacer ma parente. Il avait jugé la mesure de mon ignorance d'une affaire de cette sorte, et Juste ne pouvait, seul, suffire à tout. Lui, se faisait fort de trouver un acquéreur qui remonterait, rénoverait le domaine. Voilà. J'ai eu bien des visites. Je les ai écartées parce qu'elles n'étaient que des placements d'argent. Je veux plus, pour le Clos de La Rouzille. Elle n'est pas seulement une affaire de gros sous. C'est en vivant ici qu'on comprend.

— Qu'est-elle, d'après vous ?

— Quelque chose qui a une âme. Jamais je n'aurais imaginé tous ces soins, tout cet amour, ce dévouement, que demandent les nobles cépages. J'ai mieux compris ce que Me Bompart avait voulu que je découvre seule.

— M'accepteriez-vous, si je me porte acquéreur, moi ?

— Vous êtes, paraît-il, propriétaire vous-même d'une exploitation dans votre pays ?

— Oui. Mais pour moi, jusqu'ici, ce n'est qu'une affaire comme une autre. Vous venez de m'expliquer quelque chose que je n'imaginais certes pas.

— Si vous nous donnez l'assurance écrite que vous ne vendrez pas les productions de La Rouzille sous votre marque, allez voir Me Bompart au plus vite. J'espère que mon patron, à Paris, m'a conservé mon poste. Il faut que je reparte le plus tôt possible.

— Pourquoi ne pas rester ici ? Vous y seriez utile.

— Non. Je m'attacherais trop à la propriété.

Déjà j'ai trop tardé. Ce pays est celui de mes racines, après tout !

— Une fois les frais de succession payés, il vous restera bien quelque chose ? Les conditions que Me Bompart m'a communiquées sont... confortables !

— Très au-dessous de ce que vaut ce domaine, monsieur. Je ne veux rien pour moi. Le reliquat monétaire de cette vente ira à Juste Cazenove pour qu'il achète du matériel, et aux employés. Ils l'ont bien mérité ! Si La Rouzille vit encore, c'est grâce à eux. Cela fait trois mois qu'ils travaillent sans toucher de salaire. Et voilà...

Un silence plana. La clarté du dehors se projetait au travers des lamelles des volets fermés. Il y avait là une atmosphère étrange, irréelle.

— Et voilà... chuchota, en écho la voix de Ralph Randalle.

Il étendit le bras... Avant qu'elle eût compris, il l'avait prise aux épaules, attirée à lui, et embrassée d'un irrésistible élan. Une seconde... Oui, cela n'avait pu durer plus d'une seconde. Evelyne ne sentit plus qui elle était, ni où... Une seconde d'infini... Puis elle se retrouva libérée, la main lancée vers la joue de l'impudent personnage ! Il l'attrapa à temps, la retourna, en baisa la paume, la laissa aller. Ce fut tout.

D'une voix naturelle, comme si elle n'avait pas débité son petit discours, comme s'il ne l'avait jamais touchée, il demanda :

— Sept chambres à cet étage, si je comprends bien. Et les salles de bains ?

Elle avait rejeté ses cheveux de blond d'automne et tentait de reprendre son contrôle.

— Une seule.

— Insuffisant ! décida-t-il. On verra avec un architecte. Pour l'instant il y a plus pressé.

— Il… Il y a un grenier également. On pourrait l'aménager, les combles sont très hauts.

— Parfait.

Il s'effaça, avec un geste de correcte courtoisie, mondain même, pour la laisser passer, et descendre devant lui le court perron.

— Voulez-vous réfléchir, monsieur ? Ou bien vous êtes-vous déjà fait une opinion ?

Elle tremblait toujours, et c'était visible. Tant pis. Elle n'avait qu'une envie : pleurer… pleurer… Et partir. Mais c'était lui qui allait partir. Et, après lui, il en viendrait d'autres, et d'autres encore !

— Ce M. Cazenove, vous vous entendez bien avec lui ?

— Fort bien. Ici, un maître de chai est un « Monsieur », considéré comme le maître d'œuvre du cru. Juste est trop modeste.

— Vraiment ?

Pourquoi cet air sarcastique, cette demande concernant ce qu'elle éprouvait pour Juste ? Elle l'aimait bien, oui. Et lui, de son côté… Mais cela ne regardait personne d'autre qu'elle et lui.

— Et vous ? appuya Ralph.

— Moi ? Je voudrais seulement que tout soit à l'image de Juste, droit et loyal.

— Oui, mais « votre » Juste, lui, n'aimerait certainement pas que le clos de La Rouzille aille à un étranger comme moi, américain, de surcroît.

Juste n'avait certainement pas montré ses sentiments profonds à cet homme. Certes, il était, comme tous ceux du terroir, désespéré de voir la terre des anciens achetée par l'argent.

— Juste a le droit d'avoir ses idées. Pour lui pourtant, une seule chose compte : que La Rouzille survive.

Ils étaient dans le grand hall et s'acheminaient vers l'entrée.

— Oh ! je ne vous ai pas montré la vue panoramique de la salle.

Elle courut presque dans la pièce jouxtant la cuisine. Les fenêtres, là, étaient ouvertes à l'air chaud du dehors. Evelyne poussa les lourds volets. Le soleil l'inonda, dessinant sa poitrine parfaite, tout son corps comme si elle était drapée dans un manteau royal. Ralph Randalle, hypnotisé, marcha vers elle. Elle eut peur, se rabattit de côté, contre les double-rideaux damassés. Mais il ne s'occupa même pas de sa présence. Immobile, lui aussi nimbé de luminosité dorée, il resta longtemps figé devant le panorama, mains derrière le dos.

Evelyne les voyait, ces mains, nonchalamment

enlacées l'une à l'autre. Elle se souvenait de la pression de ces doigts, tout à l'heure, sous son aisselle, et la force qui l'avait attirée contre cette poitrine d'homme !

Elle n'était plus une enfant. Elle savait décourager les plus entreprenants. Jusque-là, elle avait su se réserver. Nul ne l'avait troublée. Qu'avait-elle donc, aujourd'hui ? A quoi, ou à qui attribuer le remous intérieur qui la secouait et l'ébranlait comme le mascaret à la lune montante ?

— Bien.

Il se retourna, très net.

— Je prends ! dit-il seulement.

Elle en ouvrit la bouche de surprise et il vit luire ses dents. Ça, il n'aurait pas fallu ! Elle fut dans ses bras sans savoir comment, cette fois. Le baiser doux se fit insistant à sa résistance, puis doux encore. Il la lâcha, se retourna vers la fenêtre. Evelyne vit, tout comme lui, Juste qui s'éloignait vers la terrasse. C'était donc pour cela que cet invraisemblable personnage de Ralph Randalle l'avait embrassée ? Pour cela ?... Oh ! il était vil et lâche.

— Vous prenez, dites-vous, monsieur ? répéta-t-elle.

— Tout, assura-t-il.

— Alors, il faut que vous sachiez bien que je n'entre pas dans le lot !

— Ah ! vraiment ? fit-il, dubitatif, presque ironique.

Elle lui jeta le trousseau de clés au visage. Comme sa main, tout à l'heure, il l'attrapa de justesse.

— Vous vous arrangerez avec Me Bompart. Moi, ma tâche est terminée. Je m'en vais. Adieu monsieur.

Il l'entendit monter l'escalier, claquer un battant. Elle devait avoir sa chambre là-haut. Un instant il balança une idée dans son cerveau, puis se domina. Il tira, comme s'il était déjà le véritable maître des lieux, les volets qui ombraient la salle. Retournant dans le hall, il choisit la plus grande des clés qu'il introduisit dans la serrure.

Il leva la tête. De l'eau coulait, quelque part, au premier. La salle de bains ! La même pensée, obstinée, fôlatra autour de lui, lui arrachant un bref sourire. Il ouvrit, large, les deux battants de l'entrée et les claqua derrière lui à en briser les verres cathédrale protégés par les lacis de fer forgé.

CHAPITRE II

— Je regrette beaucoup, mademoiselle Dandrieux, mais votre absence trop prolongée m'a mis dans un tel embarras que j'ai dû engager quelqu'un. Les intérimaires me revenaient trop cher.

Evelyne était glacée. Elle avait parfois songé au risque que lui faisait courir ce temps passé à la Rouzille, mais, chaque fois qu'elle avait écrit à son directeur, il lui avait répondu qu'elle retrouverait sa place en rentrant.

Et puis, voilà ! Elle était revenue la veille au soir, au volant de sa petite auto, et ce matin, s'était présentée au bureau. Dans le grand pool de dactylographie qu'elle dirigeait, elle avait trouvé une inconnue à son poste. Elle était venue tout de suite frapper à la porte « Direction ».

— Mais asseyez-vous ! Ne faites pas cette mine, disait à présent le directeur. J'ai tout arrangé pour que vous ne soyez pas lésée en cette affaire. Un ami, directeur d'une agence bancaire rue Drouot a besoin d'une personne compétente et, surtout, de confiance pour son service de dossiers « clients ». Je lui ai parlé de vous. Le travail est assuré par une dame plus très jeune et fort capable. J'espère que vous accepterez de l'aider ? Votre salaire sera nettement supérieur à celui que je vous versais ici. Le travail est intéressant. Vous ne perdrez pas au change. Moi, si. Ce n'est pas tous les jours qu'on trouve quelqu'un d'aussi sérieux que vous... Ah ! vous souriez. Je me sens mieux. Vous ne me garderez pas rancune, n'est-ce pas ?

Evelyne reprenait souffle.

— Certes non, monsieur, et même je vous remercie de tout cœur. J'espère que je serai à la hauteur de votre recommandation. Je n'avais jamais envisagé de travailler dans une banque, mais...

— Vous verrez, c'est passionnant. Vous irez voir les clients pour examiner leurs problèmes. Vous les recevrez aussi. Vous connaissant, je suis sûr que votre psychologie fera merveille. Vous êtes de celles que leur courage et leur sérieux ne peuvent qu'amener à une totale réussite professionnelle.

Evelyne n'avait jamais reçu autant de compliments du patron !

— Voici votre certificat. Je vais prévenir la caisse. Vous verrez que vous n'avez rien perdu de vos droits.

— Je vous suis très reconnaissante, monsieur.

— Du tout... Du tout. Je vous regretterai. Et...

n'oubliez pas de me tenir au courant de votre adaptation à la banque. S'il y a la moindre difficulté, venez me voir.

Evelyne se retrouva, plutôt éberluée, dans le couloir recouvert de moquette. Depuis quelque temps, la vie n'était plus qu'imprévus, pour elle !

— Mademoiselle ?

M. le directeur, un pied dans l'entrebâillement de sa porte et l'autre levé à l'intérieur de son bureau, se penchait vers elle.

— Je ne saurais trop vous conseiller d'y aller tout de suite.

— Bien entendu, monsieur. J'y vais de ce pas

— Parfait. Bonne chance !

Evelyne sourit, pour elle-même. Ce n'était pas désagréable, après tout, un changement de travail. Cela pourrait se révéler plus passionnant que la surveillance du pool et son bruit d'enfer.

Elle décida de ne pas y retourner. Elle n'y avait aucune véritable amie, de par le fait même de son grade. Elle alla à la caisse, reçut le chèque, en effet confortable qui boucherait, et au-delà, le trou que son séjour à La Rouzille avait fait dans ses économies. Elle fit signe à un taxi, donna l'adresse notée sur la carte de visite que lui avait remise son ex-patron.

Lorsqu'elle était partie de La Rouzille, la veille au matin, elle n'avait pu retenir ses larmes. Juste n'avait pas dit grand-chose. Ce n'était pas un bavard. Mais son expression trahissait une évidente détresse.

— Je reviendrai, mes amis. Ne serait-ce que pour la vente !

— Oui... Oui... Adieu, mademoiselle !

Les ouvrières s'étaient frotté les yeux avec le coin de leur tablier.

— On aurait préféré vous garder, mademoiselle. Avecque vous, c'était un peu comme avé la pôvre Madame !

Merveilleux accent qui faisait chanter même les larmes !

— Je reviendrai. Au revoir !

Au fond d'elle-même, cependant, elle savait que, le jour de la vente mis à part, elle ne retournerait jamais plus au domaine. Elle aurait trop peur d'y rencontrer cet homme auquel elle pensait trop souvent.

Le jour de la signature du sous-seing, il l'avait conviée, avec Me Bompart, dans un restaurant de Blaye, pour déguster une mirifique entrecôte à la bordelaise, cuite sur des braises de ceps de vigne. Elle n'avait osé refuser.

Placée à côté de lui, elle avait frémi aux inévitables contacts de son épaule ou de sa main. Me Bompart était assis en face de lui, et Evelyne souriait encore en se remémorant les efforts méritoires que l'Américain avait dû faire pour replier ses longues jambes et leur éviter d'empiéter sur l'espace vital du petit notaire.

Ralph avait expliqué ses projets. Il n'avait pas l'intention de vivre à La Rouzille, sauf pour de courts séjours. Dans l'immédiat, il fallait envisager les travaux de restauration nécessaires à la bâtisse, acheter le matériel moderne qui manquait. Il devait trouver un gérant pour s'occuper de la publicité et de la vente. Tourné vers Evelyne, il avait déclaré :

— J'ai offert à votre Juste cette responsabilité. Il n'a pas voulu ! Une tête de mule, cet homme.

Il avait eu, en parlant ainsi, un ton offusqué auquel Evelyne avait opposé sa voix nette et claire.

— Un maître de chai est plus qu'un gérant, monsieur. C'est de lui que tout dépend. Si vous prenez quelqu'un pour diriger, que ce soit seulement pour le côté commercial de l'affaire. Le travail de Juste n'a rien à voir avec cela. Le maître d'œuvre, c'est lui. Il serait bon que vous disiez à votre futur gérant de bien se pénétrer de cette idée. A moins que vous ne trouviez quelqu'un de la région qui le saura d'instinct.

Ralph Randalle avait appuyé sa tête, correctement coiffée pour une fois, sur sa paume, coude replié, en se tournant vers elle. Son autre bras était venu tout naturellement se poser sur le dossier de la chaise de la jeune fille.

— Et ce n'est pas « mon » Juste, avait-elle ajouté.

Me Bompart souriait à voir la révolte gagner

Evelyne. Pourquoi s'insurgeait-elle ainsi ? Ralph Randalle était un étranger, après tout ! Il pouvait ignorer les vieux usages des provinces de France !

— Vous êtes toujours comme ça ? avait demandé Ralph, dubitatif.

— Chaque fois qu'on empiète sur mon terrain personnel ou celui de mes amis, avait-elle répliqué, du tac au tac.

Puis elle avait rougi sous le regard masculin qui se fixait sur ses lèvres. Il se souvenait ! Elle aussi. Et ces petites rides narquoises qui plissaient ses yeux avaient, mieux que tout, prouvé qu'il la savait, à cet instant, troublée, désarçonnée...

Elle sursauta à l'appel du chauffeur de taxi.

— Voilà. Vous y êtes, ma p'tite dame !

C'était une succursale importante, son nouveau lieu de travail ! Elle entra, donna la carte au planton veillant à la porte à ouverture électronique. L'homme la conduisit aussitôt à un bureau vitré où un grand homme chauve se leva, la main tendue.

— Mademoiselle Dandrieux ? Je viens de recevoir un coup de téléphone de votre ancien directeur. Soyez la bienvenue. Asseyez-vous.

Une fois les formalités remplies, elle fit la connaissance de sa future collègue, Mme Fontant. C'était une personne entre deux âges. Aimable, sans plus.

— Vous verrez, la mise au courant ne sera pas

trop difficile. L'essentiel est d'apprendre à lire un bilan. Je vous expliquerai...

Puis, ce fut l'heure du déjeuner, pris par groupes, dans une salle du premier étage. Evelyne mangea peu. Elle était « la nouvelle ». Tous la regardaient avec plus ou moins de discrétion. Elle revint à sa place, près de Mme Fontant, tria une pile de chèques préparés par cette dernière tandis qu'elle déjeunait à son tour. L'après-midi passa sans qu'elle s'en aperçoive. L'homme qui l'avait reçue dans le bureau vitré était, l'apprit-elle, le chef de l'agence. C'était lui qui décidait des dossiers de demandes de prêts, qui faisait des enquêtes aussi, parfois.

— Mais, maintenant, nous nous relaierons pour les visites sur les lieux, avait expliqué Mme Fontant. Vous comprenez, quand on reçoit une demande de prêt, d'un commerçant par exemple, pour agrandir, valoriser son magasin, il faut s'y rendre, estimer les possibilités du quartier, celles de l'évolution commerciale et humaine. Une banque ne fait pas de sentiment. Elle ne prête qu'à bon escient.

— Vous ne vous trompez jamais ?

— Bien sûr que si. Nous ne sommes pas infaillibles. C'est M. Rangon, notre chef, qui décide en dernier ressort.

En rentrant chez elle, le soir, Evelyne se sentait contente, mais nerveusement brisée. Ce travail allait lui plaire, elle le sentait. L'ambiance de la grande salle bordée des comptoirs-guichets était calme, chacun des groupes d'employés étant protégé les uns des autres par des paravents. Allons ! Quand la vente de La Rouzille serait passée, elle pourrait se tourner résolument vers l'avenir. Ce serait la dernière épreuve. Après, elle pourrait effacer de son souvenir le visage agressif de virilité de Ralph Randalle, la puissance de toute sa personne, ses audaces, son grand rire ! Evelyne ne pouvait s'empêcher d'y penser. Quelque chose de trouble, en elle, lui faisait sans cesse revivre ces instants brûlants. Elle se sentait fautive et n'y pouvait rien. Même l'image, inoubliée elle aussi, du regard si éloquent de Juste ne pouvait chasser d'elle la sensation des lèvres, des bras, de ce Ralph !

Le lendemain passa aussi vite que la veille. Elle se mettait très facilement au courant, et étudiait ferme les bilans, gentiment aidée par sa nouvelle collègue, tout à fait débordée, en effet. Ce ne fut que la semaine suivante qu'elle surprit des bribes de conversation. On parlait derrière le paravent qui la protégeait, ainsi que Mme Fontant. Celle-ci était sortie, justement. Evelyne entendit son nom prononcé par une voix de femme, ce qui lui fit lever la tête.

— ... Je ne vois pas pourquoi on a exigé que je lui laisse la place...

— Quelqu'un l'a sans doute pistonnée !

Les voix s'éloignèrent. Quand Mme Fontant revint, Evelyne lui posa la question.

— J'ai cru comprendre que vous aviez déjà quelqu'un pour vous aider, avant mon arrivée. Est-ce exact ?

Mme Fontant eut l'air contrarié.

— Oui, vous avez été recommandée par une personne influente, de l'extérieur.

— Recommandée, ou imposée ?

— Allons, ne prenez pas cela au tragique. Jacqueline, que vous remplacez en effet, a été mutée à la Caisse. Elle n'a pas à se plaindre.

— Pourtant, ce que j'ai entendu était net : elle n'apprécie pas du tout cette mesure.

— Si vous voulez le fond de ma pensée, je m'en félicite plutôt, moi ! Elle n'avait aucun sens de la psychologie. Je devais m'astreindre à faire le plus de visites possible...

Ce fut tout, mais Evelyne en garda comme un malaise.

Depuis quelque temps, d'ailleurs, Evelyne prenait toute chose du mauvais côté. Elle était « mal dans sa peau ». Elle voulut réagir, se rendit chez un coiffeur qui coupa ses abondants cheveux. Elle acheta un autre tailleur, d'autres souliers, un ravissant imperméable blanc.

Tout cela modifia un peu son aspect, mais n'assouvit en rien cette soif intérieure qui la ramenait toujours à certaines heures...

Quand elle reçut la lettre de convocation de

Me Bompart, elle se retrouva tremblante, éperdue... Elle allait « le » revoir !

Me Bompart lui avait précisé qu'il avait retenu une chambre pour elle dans un hôtel très convenable, à Blaye. Me Bompart, qui pensait décidément à tout, avait joint à sa missive un aller et retour en train. En première, s'il vous plaît ! Il devait venir la chercher à la gare.

Elle partit, dans un état de fébrilité et d'angoisse qu'elle ne voulait pas admettre. Un inconnu, rencontré quelques heures ! Et, qui plus est, un étranger !

Le voyage lui parut bizarrement court. Elle ne chercha personne des yeux sur le quai, puisque Me Bompart lui avait dit qu'il l'attendrait dans sa voiture.

— Hello ! Qui a osé vous transformer ainsi ?

Lui ! C'était « lui » ! Il la tenait aux épaules, une fois de plus, et l'cxaminait à bout de bras, la mine farouche.

— Vos cheveux ! ... J'aimais mieux qu'ils soient plus longs. Tournez-vous !

Machinalement, elle obéit. Elle se sentit tirée en arrière et trouva appui sur une chaude et large poitrine d'homme, tandis que des bras durs, abandonnant ses épaules, la prenaient à la taille, la serraient contre ce corps musclé dont elle n'avait que trop rêvé !

— Petite fille... Oh ! Petite fille... murmurait une voix dont le souffle caressait son oreille.

Combien de temps... combien de minutes savoura-t-elle ainsi, les yeux fermés à tout et à tous... avant de s'arracher à la troublante étreinte ? Elle le fit cependant. Elle eut ce courage. Elle se retourna vers lui. Son grand rire le secoua.

— Ah ! non. Vous n'allez pas recommencer à vouloir me gifler ?

— Je... je devrais. Vous le méritez, à coup sûr. Où est Me Bompart ?

— Où se trouve un notaire ? A son étude, mademoiselle... en train de préparer tout le nécessaire pour vous dépouiller de votre héritage. Vous ne trouvez pas cela injuste ?

Il s'était emparé de sa mignonne valise. Son autre bras continuait à entourer la taille d'Evelyne, à la façon d'un propriétaire. Elle eut envie de lui rappeler, pour la seconde fois, qu'elle n'était pas comprise dans la vente. Elle se tut. Elle avait la gorge serrée. Elle sentait, contre sa hanche, la chaleur de celle de Ralph... C'était... c'était... oui... c'était bon de le retrouver ainsi ! Tout à l'heure, elle se défendrait. Tout à l'heure elle le repousserait... Ce n'était qu'un instant, un tout petit instant de bonheur qu'elle s'accordait, pour alimenter ses futurs souvenirs. Car elle se souviendrait...

— Vous avez changé de voiture ? balbutia-t-elle.

— Non. J'en ai loué une à Bordeaux. Ma décapotable, l'hiver, ce n'est pas confortable !

Il lui ouvrit la portière. Une odeur, « son » odeur de tabac blond et de parfum masculin, flottait déjà sur les coussins moelleux. Elle le vit, dans le rétroviseur, qui sautait comme un gamin, en faisant le tour de l'auto. Sans doute la joie de devenir, dans quelques heures, le maître de La Rouzille.

— Bonjour, miss Evelaine ! dit-il enfin, lorsqu'il ferma l'autre portière sur lui.

Puis il posa son bras sur le dossier du siège où elle disparaissait. Si menue, si claire ! Il caressa sa nuque dénudée, bouleversant sa frange blanche, la relevant même, d'un doigt impatient.

— Bonjour...

Ses lèvres ! Evelyne retrouvait leur douceur, leur avidité. Une nouvelle course vers l'infini...

— Non !

Elle l'avait repoussé ! Elle avait presque crié ce « non » qui était un aveu.

— Non ! redit-elle en remettant de l'ordre dans ses cheveux.

Ralph Randalle respirait court. Son visage se creusait d'inquiétante façon.

— Comme vous voudrez. Mais vous ne perdez rien pour attendre.

Il mit le contact, démarra. Elle ne voyait plus de lui que son profil, taillé brut, ses mèches désordonnées. Ses mains aussi... ses mains dont elle avait tant envie et tant peur, posées sur le volant. Il ne dit plus un mot jusqu'à leur arrivée devant l'étude. Il regarda sa montre, relevant pour cela le poignet de sa chemise boutonné d'or.

— A l'heure exacte.

Il descendit le premier et vint aider sa passagère à quitter son siège bas et profond. Il ne tenta rien, et la lâcha très vite.

— Venez-vous ?

— Oui.

C'était bête à pleurer ! Elle se sentait coupable ! Mais coupable de quoi ? Qui était-il, cet homme qui pouvait dire « petite fille... » avec tant de tendresse, et aussitôt après se permettre des gestes aussi osés, aussi sensuels. Pour qui la prenait-il ? Une étudiante comme il avait dû en rencontrer plus d'une, en ses années de Sorbonne ? Une femme conquise ?... Elle n'était rien de cela. Il aurait dû s'en rendre compte. Et la respecter. Elle n'était pas une fille facile. Elle s'était toujours défendue jusque-là...

Ils montèrent, de front, le large escalier de marbre recouvert de l'inévitable passage de tapis rouge. Ralph Randalle avait le même faciès dur que dans la voiture. N'avait-elle pas dit : « non » ? Cette fois, il avait compris. D'où venait qu'elle s'en sente désemparée ? La sonnette de l'étude avait le son grelottant d'un autre siècle. Une employée vint ouvrir. L'étude se présentait comme un appartement : salon, bureau feutré. Les employés allaient et venaient, les pièces donnaient toutes sur le couloir.

— Entrez. Bonjour, mademoiselle Dandrieux. Avez-vous fait bon voyage ? Vous ne m'en voulez pas, j'espère, d'avoir accepté l'offre de M. Randalle d'aller vous chercher à la gare ? Asseyez-vous.

Deux impressionnants fauteuils de cuir, un peu affaissés, un magnifique bureau Empire croulant sous les dossiers, une table de dactylo près de la fenêtre, une autre, de sténo, à la gauche du notaire… C'était désuet et charmant, amical aussi.

— Dès que nous en aurons terminé avec l'acte de vente, nous nous occuperons, d'une part des droits de succession, d'autre part de la donation que vous faites, mademoiselle, au domaine.

— Justement…, interrompit Ralph Randalle, je n'ai pas eu le temps de vous en parler, maître. Je suis arrivé en avion, à Bordeaux, tout à l'heure, et, aussitôt ici, je suis reparti à la gare. Il va de soi que je refuse tout argent venant de Mlle Dandrieux pour La Rouzille. J'ai de quoi, vous le savez, remettre à flot le domaine sans son aide. Elle a plus besoin de ce reliquat que moi !

Evelyne avait pâli. Me Bompart se cala sur son siège, mains croisées sur son ventre bedonnant. Amusants, ces deux-là !

— Permettez-moi, protesta Evelyne, de vous dire que ma décision est prise. Je ne veux pas un centime de cet héritage. Ce don, je le fais, non à vous, monsieur, mais au domaine, en mémoire de ma grand-tante.

— Non ! tonna Ralph en se tournant vers elle, le front plissé d'impatience, les dents serrées. Et un « non », c'est un « non », pour moi.

Elle se mordit les lèvres. La présence de Me Bompart l'obligeait à une grande réserve.

— Dans ce cas, maître, pourrez-vous faire l'acte de donation au nom de M. Juste Cazenove, à charge pour lui de répartir cet argent entre les membres du personnel ?

— Non ! redit Ralph.

Et cette fois, il avait l'air vraiment en colère. Evelyne parut s'éveiller d'un songe.

— Vous ne pouvez m'empêcher d'user de cette somme, qui m'appartient, comme je l'entends.

Le notaire haussa les sourcils comme pour dire : « Elle a raison ». Ralph Randalle leva un poing en l'air, que Me Bompart réussit à arrêter avant qu'il ne s'écrase sur son beau bureau Empire !

— Eh ! mon cher ami, ne cassez pas mon matériel ! Mademoiselle a parfaitement le droit qu'elle revendique.

— Si cet homme accepte, je le réduis en poudre !

Cette fois, le notaire rit carrément. Cela ne lui arrivait pas si souvent, dans sa profession !

— Du calme, monsieur Randalle. Mlle Dandrieux et moi, réglerons cette affaire, qui lui est, en effet, personnelle, après la vente. J'ai convoqué M. Cazenove. Je pense qu'il sera là dans une demi-heure. Ce que je peux vous affirmer, c'est que, connaissant déjà les intentions de Mlle Dandrieux, je ne peux que l'admirer, en l'approuvant. C'est grâce à son maître de chai, et aux autres travailleurs du cru, que le domaine a pu tenir aussi longtemps sans déposer le bilan.

« Mme Saint-Arral n'avait aucune idée de l'évolution des mœurs et de la vie moderne. Si ces gens ont travaillé tous ces derniers mois sans salaire, c'était par affection pour le domaine qu'ils considèrent tous comme un peu à eux, et pour Mme Saint-Arral elle-même. Rien ne les a rebutés, pour que La Rouzille survive.

— C'est assez rare, convint Ralph Randalle.

— Quand Mlle Dandrieux m'a dit qu'elle ne voulait, pour rien au monde, de cet argent, sa grand-tante n'ayant jamais admis que sa mère entre dans la famille, j'ai tenté en vain de la fléchir. Elle est têtue, vous savez ! Presque autant que vous...

Le tabellion eut, derrière ses lunettes, une lueur de malice, en continuant :

— et... aussi impulsive ! Je lui ai donc proposé de verser cet argent à des œuvres, et c'est elle qui, apprenant les sacrifices consentis par les travailleurs de La Rouzille, Juste Cazenove en tête, m'a demandé de les faire bénéficier du reliquat de cet héritage dont elle ne voulait pas. Par ailleurs, rassurez-vous tout à fait, Juste Cazenove et les autres ont refusé pour eux-mêmes. Ce sont des plantes de bonne race, comme on en trouve dans notre Bordelais. Ils avaient décidé d'employer cet argent pour le domaine. Quand ils ont accepté la proposition de Mlle Dandrieux, ils ne savaient pas que La Rouzille aurait la chance de devenir la propriété de quelqu'un aussi… disons aussi à l'aise, que le businessman que vous êtes !

Ralph Randalle avait écouté avec une attention profonde la tirade du notaire. C'était un homme d'affaires. Une rage montait en lui, cependant. Il éclata :

— « La chance »… vous dites « la chance » ? Eh bien, je vous affirme que votre Juste Cazenove n'en n'a pas jugé ainsi. Un étranger ! Il m'a assez fait sentir que j'étais plus qu'indésirable sur ce sol qu'il traite comme s'il lui appartenait, ou comme si j'allais l'envahir !

— Tut… Tut… monsieur Randalle, restons calmes. Et compréhensifs, si possible. Etes-vous toujours acquéreur ?

Evelyne frémit. Que se passerait-il, si Ralph refusait, maintenant ? Avait-elle donc tout gâché en ne voulant pas de cet argent qu'elle n'estimait pas sien ? Ralph Randalle ne saurait-il admettre ?

— Je suis, répondit-il enfin.

Me Bompart, tout comme Evelyne, reprit son souffle. Lui aussi avait eu peur ! Jamais encore il n'avait eu l'occasion de voir cette expression sur le visage habituellement aimable de Ralph Randalle. Il y avait du primitif en cet homme ! Ce qu'il disait de Juste Cazenove était vrai. Ce n'est qu'à contrecœur que les familles ancrées dans le sol depuis des siècles laissaient échapper les crus classés.

Il fallait dire, aussi, que, depuis la mort de Mme Saint-Arral, Juste était le seul chef véritable de La Rouzille. Me Bompart se promit de lui parler, et de l'amener à une plus souple acceptation des faits.

— Bien. Je vous donne donc lecture des actes...

La voix du notaire, brusquement, ressemblait au « zézaiement d'une mouche... » Attendu que... M. Ralph Randalle, fils de Mme Noémie Angèle Lefort...

Evelyne tourna la tête vers Ralph. « Mme Lefort » ? Sa mère portait un nom français. Il n'était donc qu'à moitié américain ! Elle reporta son attention sur Me Bompart, sans voir le coup d'œil venimeux que lui lançait, en retour, son acquéreur.

— Voilà. Voulez-vous signer ? Vous d'abord, mademoiselle. Vous ici, monsieur.

S'étant, l'un après l'autre, levés pour signer et parapher les pages de l'acte, ils restèrent debout, côte à côte, sous le regard réjoui de Me Bompart.

— Monsieur Randalle, je vais vous proposer d'aller attendre un instant dans le petit salon. Je pense que les employés, « vos » employés désormais, sont arrivés. Je vais régler avec eux et avec Mademoiselle le reste de l'affaire « succession ».

Ralph Randalle pivota sur ses talons comme un soldat à la parade.

— Monsieur Randalle ?

Le tabellion eut un geste qui rappelait la bénédiction d'un prêtre :

— Je compte sur vous. Ici aussi on a le sang chaud et... la tête près du bonnet, si vous voyez ce que je veux dire ?

Ralph sentait l'anxiété qui étreignait Evelyne. Il répondit négligemment :

— Je vais aller faire un tour dehors, maître. Je vous attendrai, avec Mademoiselle, au restaurant, comme l'autre fois.

— Si vous voulez.

Il prit Evelyne à témoin.

— J'espère que vous voudrez bien accepter, comme moi, l'invitation à déjeuner de M. Randalle ?

Comment refuser ? Elle inclina la tête, les yeux au sol.

Quand Ralph se fut éloigné, Me Bompart observa :

— Un peu nerveux, n'est-ce pas ?

— Oui. On ne sait comment il va être, d'une seconde à l'autre.

— C'est un impulsif, mais un charmant homme, croyez-moi.

Il appuya sur un timbre. Juste, avec les

employées d'emballage, plus le goûteur et tous les autres entrèrent dans la pièce. Cela détendit aussitôt l'atmosphère... Les femmes embrassèrent Evelyne. Juste hésita, puis, parce qu'elle lui tendait ses deux mains, il les prit et, se penchant, y déposa une timide caresse, du bout des lèvres.

Me Bompart avait réclamé des chaises, qu'un jeune clerc passait à la ronde. Juste, sur l'invite d'Evelyne, prit la place laissée vide par son nouveau patron.

— Mesdames, messieurs, je dois tout d'abord vous dire que M. Randalle a signé l'acte d'achat.

Un murmure satisfait... Quelques « ouf ! »...

— Par contre, il refuse de manière formelle le don que Mlle Dandrieux voulait faire au domaine. Il a l'intention de prendre un gérant commercial, et de vous laisser, Juste, la direction des chais et la fabrication. Il faudra lui dresser assez vite la liste de tout le matériel dont vous jugerez l'acquisition nécessaire à chacun des postes de travail.

Juste leva la main. Il y avait une noble élégance dans chacun de ses mouvements.

— De toute façon, maître, je vous avais dit que cet argent retournerait d'où il était venu, c'est-à-dire au Clos de Mme Saint-Arral.

— Eh bien, vous ferez comme vous voudrez, mon cher ami, sauf l'employer pour un achat de matériel, ainsi qu'en a décidé le nouveau propriétaire de La Rouzille. Mlle Dandrieux serait d'avis que vous le répartissiez entre chacun de vous.

— Ah ! non.

Le notaire attendit que le calme revienne, puis il expliqua posément :

— Ce don n'est pas si important que vous le croyez. Quand les droits de succession, mes honoraires... — hé ! il ne faut pas m'oublier... — en seront défalqués, il ne vous restera que les salaires des quatre mois impayés. Bien entendu, Mlle Dandrieux sera défrayée du temps qu'elle a passé à La Rouzille.

— Non !

Cette fois, c'était Evelyne qui avait protesté. Avec un chaleureux sourire, elle se leva, faisant face à toutes ces honnêtes figures levées vers elle.

— Acceptez, mes amis. Moi, je n'ai vraiment besoin de rien. J'ai une nouvelle et bonne situation, un petit appartement à Paris, une voiture... C'est plus que suffisant, croyez-moi.

— Il y a cependant quelque chose, mademoiselle, que vous ne pourrez refuser, c'est ceci.

Me Bompart lui tendait un petit coffret d'acajou patiné.

— Il y a là les bijoux de famille de Mme Saint-Arral. Vous seule y avez droit et leur valeur n'entre ni dans la vente, ni dans aucune autre clause de mes actes. C'est Juste qui me les a apportés. Mme Saint-Arral lui avait montré la cachette où elle glissait cette boîte. Vous ne devinerez jamais où ! Dans l'ourlet des grands doubles rideaux de la salle de la terrasse !

Evelyne ne put que s'associer à l'hilarité générale. Puis elle leva sur Juste des yeux humides d'émotion, et ouvrit le petit coffre. Oh ! ce n'était pas des rivières de diamants certes ! Quelques bagues anciennes, deux médailles de communion en or travaillé, un chapelet d'or aussi, un tour de cou ancien de trois rangs de perles ; un médaillon, avec sa chaîne. Ouvert, il révélait le visage de Mme Saint-Arral et de son mari.

— Il y a un autre médaillon, plus petit, avertit Me Bompart.

Sur celui-là, la photo était à découvert.

— Mon père !

— Nous nous en doutions. Mme Saint-Arral m'en avait parlé. Elle voulait renouer avec sa famille. Et puis, trop prise par ses activités, elle a laissé traîner...

Le moment d'émotion passé, Evelyne signa sa donation. Juste signa un engagement d'honneur de respecter les volontés de la donatrice. Puis il tourna un visage bouleversé vers Evelyne, dont le cœur battait la chamade. Il était fin et beau, cet homme. Avec lui, la vie devrait s'écouler comme un fleuve paisible, entre des haies de clématites.

— Vous reviendrez nous voir, mademoiselle ?... murmura-t-il en prenant les doigts qu'elle lui offrait.

— Oui, Juste. Je reviendrai. Je vous le promets.

Visiblement, il aurait voulu dire autre chose

mais pas là, devant tous. N'importe ! Ses yeux parlaient. Il n'avait pas besoin de la toucher, lui, pour l'émouvoir. Elle s'appuya à lui, l'embrassa. Une joue... l'autre. Puis elle passa de bras en bras. Même Me Bompart réclama son dû. Les notaires ne négligent jamais aucun bénéfice, si petit soit-il !

CHAPITRE III

Ils avaient terminé leur repas. Cette fois, Ralph Randalle s'était méfié et avait placé Me Bompart en face d'Evelyne. Il pouvait donc étendre ses jambes tout à son aise. La conversation, dépouillée de toute émotion, roula sur des comparaisons de vins bordelais, sur la production américaine du nouveau propriétaire.

Ses activités étaient multiples. Ainsi, il avait des parts dans une société de construction de voitures de course italienne, dans une fabrique de chocolat belge. Et d'autres établissements à Paris.

— Vous avez des goûts éclectiques ! plaisanta Me Bompart.

— Je suis un businessman, rien que ça. Mais ce que je veux, je le veux bien. Mon père disait toujours que pour réussir il faut savoir reconnaître sa chance quand elle passe, et s'y accrocher comme un gaucho qui a vidé un étrier et est entraîné à mort par sa monture. Un bon gaucho doit arriver à opérer la remonte de sa bête. J'ai appliqué ce conseil.

— Votre mère était française ?

— Oui. Mon père l'avait connue pendant la guerre. Elle était conductrice d'ambulance.

Evidemment, le fils de deux personnages comme ceux-là devait savoir ce qu'il voulait !

Me Bompart, à la fin du repas, leur dit avant de s'éclipser :

— Vos chambres ont été retenues ici. J'espère qu'elles vous plairont. C'est tranquille. Vous serez reposés pour partir demain.

Evelyne et son compagnon escortèrent le brave homme jusqu'à la porte du restaurant, puis tous deux, en silencc, rcvinrent vers la table.

— N'aimeriez-vous pas faire une promenade ? demanda Ralph.

Il tombait une bruine de mer qui risquait de durer.

— Je veux bien. Mais j'aimerais me rafraîchir, auparavant.

— Moi aussi. Rendez-vous ici, ou bien j'irai frapper à votre porte ?

— Rendez-vous ici, répondit Evelyne, un peu trop vite.

Ils allaient monter l'escalier quand elle s'exclama :

— Oh ! Ma valise… Elle est restée dans votre voiture.

— C'est vrai. La mienne aussi.

Il n'avait pas l'air pressé. D'un regard insistant, il la détaillait toute. Elle rougit, puis sentit la colère lui monter à la gorge.

— Vous allez les chercher, oui ?

— Vous avez vraiment changé ! constata-t-il avec un flegme et une insolence voulus.

Il fit demi-tour et sauta d'un seul élan les marches du court perron.

Il revint peu après, balançant un sac de cuir fauve, auprès duquel le bagage d'Evelyne n'existait pas.

Il lui tendit son bien, puis se ravisa.

— Je vais monter votre valise. C'est le désert, ici ! Ils n'ont même pas de personnel !

Il tapa sur le comptoir. Aussitôt apparut une jeune femme visiblement arrachée à son repas.

— Nos clés, mademoiselle, je vous prie.

— Voilà, monsieur. Je vais porter vos bagages.

— Inutile. Je m'en charge. Bon appétit.

Elle s'empourpra.

— C'est au second, dans le couloir de gauche. Vous avez l'ascenseur.

Ralph demanda à Evelyne :

— Vous préférez l'ascenseur ?

— A Paris, j'habite au quatrième étage, sans ascenseur. J'ai l'habitude.

La laissant passer devant lui, il assura, le ton tout à coup jovial :

— Ça entretient les muscles des jambes !

Qu'avait donc cet homme en lui, pour la faire

vibrer ainsi ? Elle se sentait brûlée aux mollets par son regard. L'allusion de Ralph était plus que transparente. Elle le savait, qu'elle avait de jolies jambes et que sa nouvelle jupe dansait autour tandis qu'elle gravissait les marches. Arrivée au deuxième étage, elle tourna à gauche, le profil pointé, l'air frondeur.

— N° 47. Voici ma chambre.

— N° 49. La mienne est juste à côté.

Il ne lui avait pas rendu sa valise. Les deux bagages posés au sol, il s'appuyait au mur, à son habitude, sa main lissant ses cheveux. Quand Evelyne se retourna après avoir ouvert sa porte, il dit avec un regard possessif :

— Après tout, la surprise passée, votre nouvelle apparence n'a rien de désagréable non plus.

Où était l'homme buté, rageur, du cabinet de Me Bompart ? Combien avait-il donc de facettes, ce sauvage ? Evelyne se retrouva serrée contre lui. Les grandes mains autoritaires glissaient le long de son dos. Elle frémissait... Cette bouche qui prenait la sienne...

Il l'embrassait d'un impérieux, d'un interminable baiser, tandis qu'il pressait le corps souple contre le sien, le sentant vibrer à son rythme. Puis ses lèvres quittèrent la bouche tremblante, parcoururent son cou... Et elle laissait faire !... Jamais elle n'avait ressenti cela ! Elle se rendit compte qu'elle lui rendait son baiser, qu'elle ne tentait même pas de lui échapper...

— Hé là... Hé là... petit chat. Il ne faut pas pousser le jeu aussi loin, ou alors...

Il haletait. L'éclair qui luisait dans ses yeux signifiait « danger » pour Evelyne.

— Je ne suis qu'un homme. Si... si vous voulez vraiment venir vous promener avec moi, dites-le vite, sinon...

Il fit mine d'entrer chez elle. Elle recula, criant presque :

— Non... oh ! non !

— Je le savais bien que vous diriez encore ce « non ». Je ne suis pas de bronze, ma petite fille. Il faut comprendre...

Affolée, elle porta ses mains à son visage. Il fit glisser, du pied, la valise dans la chambre d'Evelyne, prit son propre sac... Allait-il entrer ?... Qu'avait-il déchaîné, Seigneur ? Quelle était cette créature qui, jusqu'à cet instant, avait dormi en elle et venait de s'éveiller sous les caresses de cet homme ? Elle le connaissait à peine. Elle redisait, pour elle seule, dans ses paumes, « non !... oh ! non... »... et tout, en elle, appelait. Appelait quoi ?

Il fit semblant d'avancer, la tenant sous son regard, puis, avec son sourire d'enfant émerveillé, il recula et ferma la porte. Il n'était plus là !

— Nous nous retrouverons en bas ! cria-t-il du couloir.

Elle l'entendit qui fourrageait dans la serrure de sa chambre à lui. Il jurait. Elle ressentit, comme les murs du respectable hôtel, le choc du battant claqué d'une poigne énergique.

Quand elle se fut un peu calmée et eut fait le tour de la chambre, elle se rendit dans la salle de bains.

Elle ne reconnut pas le visage qu'elle vit dans le miroir ! Ce n'était pas possible ! Ce n'était plus elle ! Elle ouvrit, fébrilement, sa trousse de toilette, passa de la lotion démaquillante sur le feu de ses joues. Elle plongea ses mains dans l'eau glacée, s'en aspergea la face, rejeta, d'une brosse rageuse, sa frange en arrière. Elle chercha le bâton de rouge, d'un réflexe machinal...

Non ! Elle ne se maquillerait pas. Elle ne ferait rien qui puisse attirer l'attention de ce Ralph. Cette promenade d'abord... elle allait la décommander. Elle ne prit même pas la peine de se munir de son sac à main. Elle avait entendu son voisin sortir de sa chambre. Il avait tambouriné légèrement des doigts, sur le bois de la porte, en passant. Il l'attendait donc en bas.

Elle descendit l'escalier en s'exhortant au courage.

« Il » était là, nonchalamment appuyé au comptoir de l'entrée. Après tout, elle aurait mieux fait de prendre l'ascenseur ! L'intérêt, la complaisance, qu'il mettait à la voir descendre vers lui était déjà une épreuve.

— Voilà. Je voulais vous... enfin, je ne peux...

— Vous êtes ravissante, le savez-vous ? J'ai peur de vous casser quand je vous touche.

Oh ! elle ne pouvait le laisser recommencer...

— Qu'est-ce qui se passe ? Vous êtes malade ?

Elle sauta sur la perche innocemment tendue.

— Ou... Oui... j'ai très mal à la tête. Tous ces événements, le voyage, ou bien le repas. Je préfère me reposer dans ma chambre.

— Allons bon ! dit-il, hochant la tête, la voilà qui recommence !

Il força le ton.

— Vous vous reposerez en voiture. Je vous promets d'aller doucement. L'automne doit être superbe, dans la vallée de la Gironde. Nous pourrions aller jusqu'à Mirambeau. Il y a là un site renommé. La beauté de la nature est fugitive.

— Je... je n'en doute pas, mais... je préfère...

— Vous préférez être avec moi ! trancha-t-il.

Et elle retrouva sa façon dominatrice quand il la saisit, selon son habitude, au haut du bras.

— Je vous dis que...

— C'est moi, maintenant, qui « dis ».

— Je n'ai même pas mon sac à main.

— Ça, c'est un bon prétexte. Si je vous laisse filer, vous ne reviendrez pas. Je vous tiens, je vous garde. Allez, on y va.

Elle cessa soudain d'avoir envie de se défendre. Il l'entraîna, passive comme une petite fille punie.

— Montez, princesse !

Courbé, il jouait encore d'elle, avec son sourire

désarmant, ses yeux qui la guettaient, ses gestes qui la guidaient. Il tira même sa jupe sur ses genoux découverts.

— Là. Vous voyez ? Vous êtes bien ? N'allez pas vous sauver le temps que je prenne le volant ! Pour plus de sûreté, je ferme la portière à clé !

Il riait. Il était irrésistible. Un grand enfant. Et pourtant, il était autre chose, aussi...

— Okay ! On y va ? Vous êtes gentille de n'avoir pas cherché à vous esquiver.

Elle l'avait tenté, mais elle était trop troublée pour parvenir à manœuvrer le système d'ouverture de la portière.

— Et si nous allions plutôt vers Bordeaux-Lac ?

— Si vous voulez.

C'était, de toute façon, tourner résolument le dos au domaine de La Rouzille. Il y avait beaucoup de circulation, en approchant de Bordeaux. La construction du magnifique pont suspendu avait rendu les abords de la ville plus faciles. Les eaux de la Dordogne, à leur habitude, étaient boueuses. Celles de la Garonne aussi.

— Le mascaret est passé. L'eau est haute, dit machinalement Evelyne.

— Qu'est-ce que c'est : le mascaret ?

Elle le regarda sans répondre. Silencieuse, elle le détailla comme elle ne l'avait jamais encore fait. Elle s'apercevait que ses traits marqués, ses sourcils épais, l'implantation de ses cheveux drus, lui donnaient une allure d'une virilité troublante.

Sa lèvre inférieure un peu renflée décelait son appétit de vivre. Ses yeux étaient naïfs, ou tendres... ou alors, résolument cruels comme en cet instant où il demandait : « Qu'est-ce que c'est le mascaret ? ». Il y avait deux personnages en lui.

Il dut accorder son attention à la conduite et elle ne vit plus, de nouveau, que son profil accusé.

Elle ramena son attention à la route, elle aussi. Même le silence les unissait. Elle devait l'admettre. Il fallait qu'elle soit honnête avec elle-même pour s'ancrer dans sa décision. Elle ne servirait d'aventure à personne. Un jour, elle espérait rencontrer l'homme auprès duquel elle pourrait passer sa vie. Elle devait le choisir dans son milieu. Celui qui était là, à côté d'elle, dont elle respirait l'odeur et s'en émouvait, n'était pas de son milieu. Trop riche, trop sûr de lui !

Ils étaient descendus vers Bordeaux par la route de Bourg, longeant la Dordogne, admirant, en passant au lieu-dit le Pain de Sucre, l'admirable panorama vers la Gironde. Malheureusement, l'île du Pain de Sucre était envahie par la raffinerie de pétrole, jusqu'à Ambès. C'était si beau, autrefois !

Ils passèrent par Saint-André-de-Cubzac, traversèrent le pont suspendu, descendirent, aussitôt celui-ci passé, vers le lac artificiel du nouveau Bordeaux. Plan d'eau magnifique, saupoudré d'îles vertes, mais malheureusement entouré d'immeubles modernes. Des « vauriens » glissaient à la surface des flots malgré le temps maussade. Le vent tournoyait en paresse sous la bruine, plus drue maintenant que le matin. Il ne faisait pas froid.

— Venez-vous faire quelques pas ? La pluie ne vous fait pas peur ?

Il souriait, avec son enfantine certitude d'être gagnant. Pourtant, il n'était lui-même qu'un homme ballotté entre deux peuples, deux blocs d'instincts presque toujours contradictoires. Il était impossible de lui en vouloir !

— Bien sûr, je viens.

— Oh ! regardez, là-bas, il y a des kayaks ! Voulez-vous en faire ?

Elle rit et il haussa des sourcils étonnés.

— J'ai dit quelque chose de drôle ?

— Il faut une tenue spéciale, pour faire du kayak ! Voyez ces garçons qui apprennent à se retourner, tête en bas dans l'eau !

— Aoh ! J'ai vu ça, chez moi !

Le sourire d'Evelyne s'étcignit. Comme il avait repris son accent en disant : « chez moi » ! Il avait emprisonné ses doigts aux siens, d'un geste machinal. Elle laissa faire. Cela aussi, cette familiarité immédiate, possessive, était de « chez lui ». C'était ce qui devrait la fortifier contre ses rêves, lui donner sa meilleure défense. Elle se rendait compte qu'elle avait eu tort de donner tant d'importance à un baiser, à une étreinte un peu trop passionnée.

« Chez lui », c'était monnaie courante. En

France aussi, d'ailleurs, dans les milieux étudiants. C'était elle qui, trop prude, ridicule même, avait interprété des habitudes comme des découvertes ! Elle n'avait qu'à jouer le jeu avec la même enfantine gaîté que lui.

— Tout à l'heure, vous avez dit : « le mascaret est passé ». Qu'est-ce que c'est, le mascaret ?

— C'est un peu difficile à expliquer.

— Allez ! Je suis toujours été un bon élève, en France.

Qu'avait-il à mal parler, soudain ? Elle ne se rendait pas compte du degré d'émotion vraie qui le troublait lui aussi, le faisait s'exprimer de façon incorrecte. Un mur d'incompréhension s'élevait entre eux. Et ni l'un ni l'autre ne s'en apercevait !

— Le mascaret se produit lorsque la marée arrive à l'embouchure des cours d'eau. Le flux de ceux-ci, coulant vers la mer, se heurte à celui de la montée des eaux. Et, comme deux chevaux affrontés, les vagues se rencontrent et se heurtent.

— Oh ! Ce doit être terrible ?

Elle sourit avec douceur.

— C'est très spectaculaire, surtout ici, en raison de la puissance de la Gironde. Mais la mer a toujours raison de la rébellion de la Garonne. Elle renvoie, le long des berges, deux grandes lames qui haussent en quelques secondes le niveau du fleuve. Celui-ci, en son milieu, résiste et continue sa course vers le large, où il ne s'engloutit que peu à peu. Evidemment, le navire imprudent qui ne se garde pas du premier affrontement risque gros. Les marins ne prennent pas de risques. Les terriens sont plus imprudents, quand ils pêchent. Le mascaret peut les emporter.

— Et il s'arrête où ?

— Cela dépend des saisons. Il se noie lui-même dans le calme du fleuve, comme une bougie qui s'use et fond.

— Mais c'est passionnant ! Je veux voir !

— Trop tard pour aujourd'hui. Comme les heures des marées changent tous les jours, le mascaret est nocturne ou diurne.

Il s'était arrêté. Son long bras avait entouré les épaules d'Evelyne.

— Nocturne… c'est la nuit. Mais diurne ?

Il devait être ainsi quand il était en Sorbonne, concentré, avec un regard qui fouille et attend. Un grand enfant…

— Diurne, c'est le jour !

C'était la première fois qu'il la voyait rire vraiment.

— Encore, dit-il, et ce fut au tour d'Evelyne de s'étonner :

— Encore… quoi ?

— Encore votre rire, vos dents… vos yeux !

Comment avait-elle pu le prendre au sérieux lors de sa première visite à La Rouzille ? Il exprimait simplement ce qu'il pensait ou désirait, au moment où le pensait et le désirait. Rien n'était serieux avec lui. Elle se sentait légère, soulagée. Et pourtant... pourtant...

— Vous êtes...

Il la serra une fois de plus contre lui. S'il fut surpris par sa docilité, il le fut plus encore du sourire badin qui l'éclaira lorsqu'il la lâcha.

— Allons, Ralph... il faut cesser ce jeu.

— Ce... jeu... Evelaine ?

Il disait : Evelaine. Jamais encore, ils ne s'étaient réellement appelés par leurs prénoms comme ils venaient de le faire.

— Mais oui : ce jeu. Je sais que c'est monnaie courante chez vous, mais ici, cela a une tout autre signification.

— ...monnaie courante... Mais comment vous parlez aujourd'hui ?

— Je veux dire ; c'est l'habitude, chez vous, dans votre pays, d'embrasser les jeunes filles, de ne pas pouvoir rencontrer une Française sans flirter. C'est bien un jeu, tout ça. Et moi, je ne l'aime pas.

— Aoh !

Cette fois, il avait compris. Il cessa, en un éclair, de ressembler à un adolescent trop vite poussé.

— Vous pensez que... que je m'amuse de vous ?

Elle tenta de garder le ton léger.

— Bien sûr ! Nous nous amusons tous les deux, non ?

— Et vous n'aimez pas ça... martela-t-il.

— Non. Pas beaucoup.

Il s'inclina.

— Je regrette, mademoiselle, que vous preniez les choses ainsi. Je vous prie de bien vouloir m'excuser d'avoir été si... importun. Nous rentrons ?

Elle inclina la tête en signe d'acquiescement.

Ils revinrent à la voiture sans qu'il tente un geste pour l'aider à avancer sur le terrain défoncé. Il lui ouvrit la portière, attendit qu'elle arrange elle-même les plis de sa jupe, referma. Cette fois, il ne courut ni ne sauta pour gagner sa place. Il s'assit et mit le contact.

— Pour repartir, vous... vous pouvez prendre la nationale ou l'autoroute jusqu'à Saint-André-de-Cubzac. Autrefois, la côte de Cenon était impraticable par l'intensité du trafic.

Elle parlait pour ne rien dire.

— Merci de me guider. Je ne suis qu'un étranger, vous savez !

Elle se sentait coupable. « Je ne suis qu'un étranger ! »... Pourquoi tant d'amertume dans cette réflexion ? Parce qu'elle avait voulu comparer sa façon d'être envers elle, aux habitudes américaines ? Se serait-elle trompée ? Elle murmura, gênée :

— Plût au Ciel que tous vos compatriotes soient d'aussi bonne volonté que vous.

— Parce que vous me croyez de bonne volonté ?

— Ne l'êtes-vous pas ?

— En aucun cas. Je suis de volonté, tout court.

La réplique était cinglante. Le sous-entendu flagrant. Elle frotta ses paumes, moites tout à coup, l'une contre l'autre.

— Vous avez froid ? Je vais mettre le chauffage.

— Non... non... je vous remercie.

Il s'était engagé sur la nationale. C'était déjà l'heure de sortie des bureaux.

— Gardez votre droite pour ne pas manquer l'embranchement au sortir d'un carrefour de dégagement, à Saint-André-de-Cubzac. Il est indiqué un peu trop tard à mon avis.

— Vous connaissez bien la route et particulièrement cet endroit ? demanda-t-il.

— N'oubliez pas que je suis restée à La Rouzille plus de trois mois et que j'ai souvent dû venir à Bordeaux.

— Au fait, vous avez une auto ?

— Oui.

— Pourquoi êtes-vous venue par le train ?

— Parce que Me Bompart m'a envoyé un billet aller et retour. En première classe. Pour moi, c'est un événement.

— Si je repars pour Paris en avion, vous viendrez avec moi.

Il ne demandait pas. Il annonçait ce qui serait. Evelyne sentit sa gorge se nouer.

— Je viens de vous expliquer que j'ai mon billet

de retour. Il ne saurait être question que je prenne l'avion.

— Vous avez peur ?

Il ne croyait pas si bien dire. Mais ce n'était pas l'avion qu'elle redoutait ! Elle répondit :

— Oui, j'ai peur.

— Avec moi, non.

— Mais je viens de vous...

— J'ai décidé.

— Ah ! mais là, vous exagérez ! Décidez ce que vous voulez pour vous, mais laissez-moi mon libre arbitre.

— Qu'est-ce que cela veut dire : « libre arbitre ». On ne fait pas un match.

Décidément, il se montrait bien peu habile à manier la langue française, aujourd'hui ! Le faisait-il exprès pour lui prouver lourdement qu'il était un « étranger » ? Il avait certainement été blessé par ce mot. Et aussi par l'opinion qu'Evelyne semblait avoir des habitants de son pays.

— Attention, la dérivation !

Il vira, sans prendre le temps de mettre son clignotant et les voitures, en file derrière, protestèrent du klaxon.

— Ça va. Foutez-moi la paix, bande d'idiots !

Allons, il n'avait pas tout perdu du français ! Le rire spontané d'Evelyne éclata. Ralph se tourna vers elle.

— Qu'est-ce qu'il y a ?

— Je constate que vous savez tout de la conduite en France !

Il ne put appuyer très longtemps sur elle son regard possessif. Chaque fois, la sensation qu'il pénétrait en elle, avec sa faim d'amour, la remuait. Et si elle s'était trompée ? Si c'était plus qu'un flirt ? Mais non, rien n'était possible entre cet homme riche et la petite employée de banque qu'elle était désormais.

— Pourquoi ne dites-vous plus rien ? Il faut me guider, puisque vous connaissez si bien le chemin. Moi, je ne l'ai fait qu'une fois, ce matin, et j'ai pris l'autoroute.

— Vous êtes venu de Paris ?

— Non. De New York.

— Mais vous venez de me dire que vous avez l'intention de repartir pour Paris.

— Oui, j'ai.

— Ralentissez. On arrive au carrefour dangereux, là-bas ! Nous sommes à Saint-André-de-Cubzac.

— Où ?

— Là...

Ce fut tout ce qu'elle put dire. Un choc ébranla le véhicule, sur la gauche, la projetant par le toit arraché. Elle n'avait pas pensé à mettre sa ceinture de sécurité. Ralph non plus !... Elle entendit crier « Ralph !... Ralph !... » mais ne sut pas que c'était elle qui avait appelé. Ralph, lui, cramponné au volant, hurla aussi son nom… « Evelaine… Evelaine… »

L'auto, déportée, fit un tonneau dans le fossé et buta sur le rebord d'une barrière. Pour Ralph Randalle aussi ce fut l'anéantissement…

CHAPITRE IV

Il faisait chaud. Evelyne voulut tourner la tête et gémit. Qu'est-ce qui la retenait ainsi prisonnière ? Elle ouvrit les yeux, battit des cils.

— Qu'est-ce que... oh !

Elle ne se trompait pas. Elle était bien dans un hôpital. Tout ce blanc... Au-dessus d'elle, des tiges de bois ou de fer, un appareillage.

— Alors, on se réveille ?

— J'ai mal...

— Oui... oui mon petit...

— J'ai soif !

— Ah ! ça, il ne faut pas boire avant demain. Votre perfusion y pourvoit.

Qui était cette femme, petite, nerveuse, qui s'activait autour d'elle ?

— Où suis-je ?

— A l'hôpital Pellegrin... au Tripode, je devrais dire. Celui qui est spécialisé pour les accidentés de la route. Le Tripode tout neuf, vous voyez, englobe les anciens bâtiments. Vous avez eu de la chance, dans votre malheur, d'avoir eu cet accident pas loin d'ici.

— Qu'est-ce que j'ai ?

— Oh ! des broutilles : deux fractures au tibia, et la rotule un peu abîmée. Vous voyez, ce plâtre qui vous tient toute la jambe ? Deux ou trois vertèbres cervicales et dorsales chamboulées. Je ne parle pas de votre poignet droit luxé, ni de votre épaule démise. On a tout remis en place.

Evelyne apercevait, en effet, devant elle, au bout de cet enchevêtrement de tiges et de liens, un orteil sortant d'un plâtre qui devait lui appartenir. Elle tenta de remuer l'autre jambe et gémit.

— Ah ! non, bougonna la soignante. Vous n'allez pas commencer à gigoter ! Il ne faut surtout pas bouger votre bras qui est sous perfusion. Soyez sage. Je reviens tout de suite.

— Madame ?... Madame ?...

Elle était seule à présent dans la pièce. Que lui était-il arrivé ? Voyons, cette femme avait dit quelque chose... « spécialisé pour les accidentés de la route... » Sa langue sèche ne pouvait humecter ses lèvres.

— Soif...

Elle se rappelait ! Le choc... ce coup sur la tête... et cette voix qui appelait : « Evelaine... » Mon Dieu, Ralph ! C'était donc un accident qu'ils avaient eu ? Ralph ? Où est-il ? Que lui est-il arrivé, à lui ?

— Seigneur, je vous en prie !

— Eh bé ! Eh bé ! On pleure, maintenant ? Tenez, je m'en vais vous passer un peu d'eau sur les lèvres avec cette compresse. Et puis vous faire une piqûre pour dormir.

— Madame ?

Elle avait un bon sourire, cette femme à la voix bougonne, et un accent prononcé.

— C'est... un accident ?

— Que oui, ma petite. Même, vous pouvez dire que vous avez eu une drôle de chance de vous en tirer vivante ! Paraît que vous avez fait un vol plané de douze mètres, en passant par le pare-brise ! Vous auriez pu être cent fois tuée.

C'était frais, cette compresse passée sur ses lèvres. Evelyne tentait de la sucer, au passage. Etre tuée ?... Oh !... Ralph...

— Madame ?

— Vous vous rappelez, maintenant ? Oui ? Je parie que vous allez me demander comment va ce fou qui conduisait !

— Ralph ! Oh ! Madame... Madame...

C'était tout ce qu'elle pouvait arracher à sa gorge brûlante. Ralph...

— Il s'appelle Ralph ? Ah ! bon. Eh bé, il a trois côtes fêlées et la rotule cassée, lui, en plus du tibia, avec quelques bosses par-ci, par-là. Mais il est moins escagassé (1) que vous. Il avait le volant, lui, pour s'accrocher. Et, ma foi, son poids

(1) Escagassé : abîmé.

pour l'empêcher de décoller. Un bel homme. C'est un Américain ?

Des larmes coulaient, plus abondantes, des yeux fermés d'Evelyne. Elle voulut faire « oui » de la tête et cria de douleur.

— Ah ! ça, je vous ai dit de ne pas bouger, surtout pas la tête. Pour l'instant, vous avez un plâtre qui vous entoure le buste, mais demain, vous aurez une minerve (1). On a pris le moulage sur vous, pendant que vous étiez sur la table d'opération. C'est en plastique, ce sera moins dur à supporter. En attendant, il faut rester bien tranquille. Votre épaule gauche n'est pas belle. Le poignet, ce n'est qu'une bonne foulure. Et puis, j'ai oublié : vous avez deux écorchures à la figure, une sur chaque joue. Mais ça ne sera rien, ça !

L'infirmière touchait chaque partie du corps d'Evelyne en parlant.

— C'est... C'est grave ?

— Non. Mais ça aurait pu l'être, et drôlement ! J'ai une fille d'à peu près votre âge, vingt ? Vingt et un ?

Evelyne faillit encore remuer la tête.

— Vingt-cinq.

— C'est pareil, décréta la petite personne en blanc. Eh bé, si jamais j'apprends qu'elle se laisse

(1) Minerve : corset moulé en plastique rigide, qui enserre buste et cou, pour maintenir ou soutenir les vertèbres cervicales et dorsales, en les immobilisant.

emmener par un copaingg… et qu'elle ne met pas sa ceinture de sécurité, je te lui allongerai une belle taloche ! J'espère que votre mère pense comme moi ? On n'a pas retrouvé votre sac, ni vos papiers. Comment c'est, votre nom ?

Oh ! Ralph… Il n'était pas mort ! Un haut-le-cœur secoua la blessée.

— Té… Té ! Qu'est-ce que je disais : la réaction !

C'était comme des vagues de douleur, suivant les spasmes. Quand elle fut calmée, la soignante en profita pour lui faire une piqûre.

— Là. Comme ça, vous souffrirez moins. Et puis, vous en faites pas. Vous êtes jeune. Vous vous en sortirez vite. Si seulement vous pouviez me donner votre adresse ? Et votre nom ? Et qui on doit prévenir.

— Evelyne Dandrieux… Je… j'habite Paris. Je n'ai plus de famille.

— C'est donc vrai ce qu'a dit l'autre ? Vous n'êtes pas sa parente ?

Il pouvait donc parler, lui ! Oh ! mon Dieu, merci…

— On peut… on peut…

— Oui ? encouragea l'infirmière en se penchant. On peut quoi ?

— Prévenir… le notaire.

— Qué notaire ?

— Me Bompart, à Blaye. Il sait… Il vous dira. J'ai laissé mon sac à l'hôtel, à Blaye.

— C'est grand, Blaye. Vous ne vous rappelez pas son adresse, à ce notaire ? Bé, la voilà qui dort. Mon Dieu, ces jeunes ! Bah ! l'autre aura peut-être pu donner plus de précisions.

D'un geste doux, elle caressa la lourde frange de la jeune fille.

— Plus de famille ! C'est triste. Je m'en vais lui fermer les persiennes, et puis je vais dire à Germaine de lui refaire une piqûre calmante, cette nuit, parce que, quand elle va sentir sa jambe... et le reste... elle va danser ! Ses idées ne paraissent pas claires. J'en parlerai au docteur, demain.

Tout en soliloquant, elle fit comme elle disait et une pénombre reposante baigna la petite salle où Evelyne était allongée.

— Pauvre done ! (1)

La soignante referma la porte. Dès qu'elle fut dans le couloir, elle appela une collègue de toute sa voix, traînant ses sandales à semelles de bois.

Evelyne ne l'entendait plus. Un sommeil plus réparateur que celui de l'anesthésie la berçait, tandis que, dix ou quinze mètres plus loin, dans la partie réservée aux hommes, Ralph vitupérait contre sa propre infirmière qui lui enjoignait de se tenir tranquille.

— Puisque je vous dis qu'elle va bien ! C'est quand même malheureux de voir ça ! Vous l'embarquez dans votre voiture. Vous ne lui faites pas

(1) Done : fille.

attacher sa ceinture. Vous brûlez un « stop » et c'est encore vous qui rouspétez ! A remuer comme ça, vous allez faire que vous côtes se cassent tout à fait, et vous entrent dans le poumon. Vous serez bien avancé, non ?

Elle avait raison. Mais... Evelaine... Evelaine... L'infirmière entendit arriver sa collègue de l'unité Tastet, le bâtiment des femmes.

— Oh ! Jeannine ? Viens un peu ici.

Elles parlèrent bas dans le couloir, et entrèrent ensemble dans la chambre que Ralph partageait avec un autre malade, un homme âgé qui somnolait.

— Vous en faites donc pas, monsieur, assura la soignante d'Evelyne. Elle s'est réveillée. Je lui ai fait une piqûre calmante, et maintenant, elle dort. Vous allez en faire autant. Elle vous a réclamé, de son côté. Vaë ! Elle a même pleuré, la pauvre gosse. Elle m'a dit qu'il faut nous adresser à un notaire de Blaye pour son identité. Vous êtes au courant ?

— Oui...

Quelle importance, tout cela, quand la vie... God (1)... « la vie » d'Evelaine... Ses idées s'embrouillaient à lui aussi.

— Elle a laissé son sac à l'hôtel. Elle s'appelle Evelyne Dandrieux. Elle habite Paris.

(1) God : Dieu.

Oh ! ce regard des infirmières. Pour un peu, il les aurait mordues !

— A Blaye, c'est l'hôtel du Nord, rue... Auguste-Renars, je crois.

— Vous avez le numéro de téléphone ?

— Non. Vous pouvez le demander au notaire : Me Bompart, rue... rue... Renseignez-vous. C'est Me Bompart qui nous avait retenu les deux chambres.

— Bien. on va voir. Et votre adresse, à vous ?

— Un peu partout, mais surtout New York.

— Vous êtes venu directement en voiture, de là-bas ?

Elles s'esclaffèrent toutes deux. Il grogna :

— Comme c'est drôle ! J'avais loué cette auto à Bordeaux.

— Alors, il faudrait aussi prévenir l'agence de location.

— Oui, c'est quai... quai...

Il eut une crispation de fatigue, en fermant les yeux.

— Je ne me rappelle plus !

— Bon. Eh bé, faut vous reposer maintenant. On va tenter d'entrer en relation avec ce notaire dont vous parlez tous deux. Avez-vous de la famille à prévenir ? Et cette « Evelaine » que vous avez réclamée, c'est bien la petite qui était avec vous ?

— Oui, souffla-t-il.

— Une parente ?

— Non... euh... ma... ma fiancée.

Un autre regard échangé entre les soignantes. Ralph souffrait atrocement de la poitrine et de la tête. Chaque souffle se répercutait en douleur.

— Je m'en vais vous faire une piqûre, à vous aussi. Allez, pôvre, demain, ça ira mieux.

Elles sortirent ensemble, papotèrent un moment. L'heure de la relève était proche.

— Tu crois qu'elle s'en sortira, ta gamine ?

— Sûr. Elle semble même avoir les idées plus claires que lui.

— Le patron a dit qu'il a une belle commotion. Paraît que la voiture est en bouillie. Ils ont eu de la chance de s'en tirer vivants.

— Ces jeunes, quand même ! Il n'y coupera pas du retrait du permis.

— Je dis que ce ne sera pas volé. A demain.

— A demain.

Le soir s'appesantissait sur la journée de pluie. L'hôpital s'endormait, chuchotant, gémissant.

Le ciel était gris lorsque, les uns après les autres, malades et blessés s'éveillèrent au flot montant du personnel de jour. Ce fut, pour Ralph Randalle, une cascade d'étonnements qui ne furent pas tous de son goût. Ces gens avaient une façon de traiter les malades comme un troupeau d'attardés. Une petite bassine pour faire sa toilette... ce qu'il put en faire, avec son torse étroitement bandé. Il avait été revêtu d'une espèce de blouse blanche courte, liée dans le dos comme en portaient autrefois les chirurgiens. Il devait économiser son souffle. Avec sa jambe plâtrée jusqu'à la cuisse il ne pouvait guère se lever, ni s'asseoir.

Puis ce fut l'heure du petit déjeuner. Un liquide noir dont il ne voulut pas. A peine de lait, pour lui qui en buvait tant !

Ensuite, de nouveau, les soignantes, leurs piqûres. Somnolence. Les docteurs…

— Alors, comment va notre conducteur de char d'assaut ?

Le patron avait l'accent, lui aussi.

— Bien dormi ?

— Un peu, merci… c'est assez… difficile de parler.

— Cela va revenir. Vous semblez mieux pratiquer notre langue que nos volants, dites-moi ?

Ralph faillit grincer des dents. Lui qui était administrateur-constructeur de bolides de course ! Dès qu'il souffrirait moins, il demanderait à entrer dans une clinique et y emmènerait Evelaine.

— Comment va… euh… Mlle Dandrieux ?

— Votre passagère ? Pas trop mal. Elle a passé une relative bonne nuit. Un peu de température ce matin, mais c'est normal. Elle aussi s'est enquise de vous.

— Enquise ? (il ne se souvenait plus très bien de ce que ce mot voulait dire)… elle… m'a demandé ?… C'est cela ?

— Elle a demandé de vos nouvelles, cher monsieur. Elle ne s'agite pas autant que vous. Il est vrai que la pauvre est serrée, des pieds à la tête, dans du plâtre et du cuir. Vous ne l'avez pas ménagée.

Le chirurgien retint un sourire. Cet homme, une véritable force de la nature, s'empourprait comme une demoiselle !

— Jamais je ne me pardonnerai !

— Nous en sommes tous là, mon ami. On pense que l'accident est pour les autres, jamais pour soi. Et, quand cela nous arrive, nous nous sentons terriblement coupables.

— Je suis.

— Il est bon que vous le reconnaissiez. En ce qui vous concerne, tout va bien. Vous appellerez si la douleur est trop dure à supporter. On vous fera une piqûre. Mais il ne faut pas en abuser.

— Quand pourrai-je me lever ?

Le chirurgien se retourna.

— Vous lever ? Vous n'y pensez pas ! Si encore vous ne vous étiez pas fêlé les côtes... et quand je dis « fêlé » je suis modeste. On va vérifier dans quelques jours s'il n'y a pas écrasement des fibres. Et votre tibia !... Non, non, n'y comptez pas avant une dizaine de jours, après les radios.

— Et Mlle Dandrieux ?

— Pour elle, cela risque d'être plus long... bien plus long.

— On ne m'a pas dit ce qu'elle a exactement.

Le chirurgien était patient et net.

— Un : double fracture du tibia. Rotule endommagée. Deux : entorse au poignet droit et certainement un petit os brisé. Trois : une épaule démise que nous avons replacée mais dont les tendons, froissés, sont extrêmement douloureux. Quatre : deux vertèbres cervicales et deux dorsales dont on ne peut pas dire, tout comme vos côtes, si elles sont fêlées ou foulées. Elles ont été déplacées dans le choc. Nous les avons remises aussi, mais... Cinq : une contusion à la tête. Six : un état de faiblesse assez sérieux. Elle a beaucoup saigné d'une coupure, petite mais profonde, au creux du bras. Elle a, de plus, deux égratignures au visage. Bien sûr, il y a eu transfusion et, actuellement, on la perfuse pour la remonter.

Si le docteur avait espéré écraser le coupable de honte, il avait réussi ! Mais l'Américain savait encaisser. Pourtant, ses appels : « Evelaine !... Evelaine !... », lorsque, inconscient, il était sur la table d'opération, prouvaient qu'il y tenait, à cette pauvre enfant.

— Encore une chose, docteur. Ne pourrait-on nous transporter, elle et moi, dans une clinique ?

— Vous avez à vous plaindre de notre établissement ?

— Non. Mais j'aimerais avoir mon linge qui est resté à l'hôtel de Blaye, comme celui de Mlle Dandrieux. Et puis, il me faudrait le téléphone. Je dirige beaucoup d'affaires...

— Mieux, j'espère que les voitures ?

— Ah ! oui... cela aussi, je dois m'en occuper. C'était une auto de location. J'aimerais être en rapport avec notre notaire à Mlle Dandrieux et à moi. Me Bompart, 12, rue Jules-Brissot à Blaye.

— En principe, je n'ai pas le droit de vous permettre de partir. Il vous faudrait signer une décharge pour l'administration, certifiant votre volonté de nous quitter avant guérison. Vous me comprenez bien ?

— Bien sûr, docteur. Ma mère était française. J'ai fait une partie de mes études à Paris.

— Très bien. En ce cas, je vais prévenir un de mes amis qui dirige une clinique, comme vous le souhaitez.

Le chirurgien allait partir, il se ravisa :

— Quant à Mlle Dandrieux, je m'oppose formellement à son transport dans l'état où elle se trouve. On verra dans une semaine.

— Oh ! non.

— Oh ! si.

— Dans ce cas, docteur, dites à votre ami de la clinique qu'il nous retienne deux places pour quand vous jugerez qu'elle peut partir. Je ne m'en irai qu'avec elle.

Le chirurgien eut un geste qui pouvait signifier : « Comptez sur moi », ou : « Vous m'agacez. »

Ralph se laissa aller sur ses oreillers. Il était épuisé. Ses idées s'ordonnaient mal. Evelaine...

qu'avait-il fait ?... Et il avait oublié de demander si son joli visage avait été abîmé !

— Evelaine !... C'est si bête !

— Que oui, chevrota son compagnon de chambre.

Ralph le regarda comme s'il ne s'était pas encore aperçu de sa présence.

— Vous allez voir : vous vous en sortirez vite...

Ralph avait fermé les yeux. Pas seulement pour échapper au bavardage du vieil homme, mais pour tenter de reprendre le fil de ses pensées. Evelaine... Par quel sortilège cette petite avait-elle pu s'imposer ainsi à lui ? Jusqu'à présent, il s'était contenté d'aventures faciles, ici ou là, dans les milieux de ses multiples jobs. Jamais il n'avait subi pareille perturbation. Elle ne lui pardonnerait certainement jamais. Dieu ! Qu'il avait du mal à respirer !

Une odeur de cuisine chatouilla ses narines.

— Vous avez le droit de manger, aujourd'hui.

— Je n'ai pas faim.

— Il le faut ! dit la jeune stagiaire qui s'occupait de lui.

Il fit un effort méritoire pour absorber un peu de nourriture. La sueur coulait sur son visage. La jeune élève-infirmière, troublée par cet homme visiblement hors du commun , lui essuya doucement le front. Elle l'aida, ensuite, à se rallonger.

— Si vous pouviez dormir...

— Oui... mais ça, je ne crois pas que...

Il ne s'aperçut même pas qu'il avait laissé sa phrase en suspens. Il sombra dans une bienheureuse inconscience.

Durant cette matinée, Evelyne avait bien plus souffert que lui. Pas un centimètre de son corps qui ne soit douloureux.

A l'heure du repas, l'infirmière s'était déployée en dragon.

— Un peu de bouillon de légumes, un yaourt et c'est tout. Vous avez faim ?

— Non.

Le plus difficile était de ne pas bouger la tête. Même immobilisée plus confortablement par la minerve, le seul effort intérieur qu'elle faisait pour remuer, ne serait-ce qu'un peu, déclenchait d'intolérables douleurs.

— Dites, il paraît qu'il ne veut pas rester là, votre petit ami. Qué ! Il veut une clinique avec le téléphone, ce monsieur !

Evelyne émit un léger grognement. Evidemment, l'hôpital, pour Ralph Randalle, le businessman...

— Il veut attendre que vous soyez capable d'être transportée pour vous y emmener. Il en a des moyens !

Que dire ? Evelyne savait si peu de chose sur la vie de cet homme ! Me Bompart lui avait bien raconté qu'il était administrateur de plusieurs sociétés, dont une de voitures de course... Risible !

Pourtant, elle ne riait pas, Evelyne. Elle ferma les yeux pour lasser la jacassante soignante. Elle était avertie qu'elle n'aurait une autre piqûre calmante qu'en fin d'après-midi. Les idées se bousculaient dans sa tête.

« Il faudra que je demande qu'on avertisse la banque qui m'emploie. Une telle absence, si peu de temps après avoir été engagée. Mme Fontant serait en droit de demander une autre collaboratrice... »

— Si tout va bien, vous serez sur pied dans quarante jours. Et, ensuite, la rééducation ! avait dit le docteur le matin même.

Quarante jours ! Et Ralph ? Il serait certainement libéré avant elle. Il pourrait vite marcher avec des béquilles.

Que ferait-elle, quand il serait effacé de son horizon ? Elle gémissait doucement, autant de douleur morale que physique. Elle aimait Ralph Randalle ! Elle ne pouvait plus se refuser à l'admettre.

Elle l'avait aimé dès le premier jour, quand il avait sauté de son coupé sport, dans le soleil, la gaîté, la lumière ! Elle n'avait certes pas compris tout de suite, alors qu'elle était en train de s'émouvoir lentement à l'amitié de Juste !

Elle l'aimait, oui, mais il ne le saurait jamais. Il partirait seul de cet hôpital, et tout serait bien ainsi. Elle refuserait d'aller dans une clinique. Elle ne savait que trop bien qu'elle ne pourrait lui résister, s'il venait à nouveau, plus tard, poser ses lèvres sur elle. Il avait éveillé en elle une autre femme, celle du miroir, dans la chambre d'hôtel. Tout aurait pu être merveilleux si... si... elle était autre. Mais elle était « elle » : Evelyne Dandrieux, habituée seule à la lutte pour la vie, seule au travail, seule pour sa sauvegarde !

Juste Cazenove lui, aurait pu la comprendre, être le compagnon dont elle avait parfois rêvé, si cet étranger n'avait pas surgi entre eux, avec son grand rire d'enfant et ses yeux avides. Qu'il s'en aille ! Qu'il disparaisse de son horizon, et peu à peu, qui sait ?... tout pourrait peut-être reprendre sa place. Evelyne serait comblée par son tendre et tranquille amour. La vie, près de lui, coulerait paisible, uniforme... jusqu'à ce que la femme du miroir disparaisse, pour toujours.

Pourquoi, d'ailleurs, Juste, une fois lié à elle, n'aurait-il pas le même pouvoir ?

C'était fou ce qu'elle pensait là. Aucun autre homme ne pourrait provoquer en elle cet embrasement que Ralph avait suscité dès le premier regard !

Elle somnola, bercée par les rires du personnel dans le couloir, par le clap... clap... des sabots des infirmières. On vint prendre sa tension, son pouls, sans qu'elle sorte de cet état bienheureux. Il fallut la réveiller pour les soins.

— Encore un jour, ma petite, et puis on vous arrêtera la perfusion. Vous pourrez au moins remuer votre poignet gauche. Un peu de fièvre ? C'est normal...

L'affairement du départ de l'équipe de jour, dans le branle-bas des roulantes.

— Vous avez faim ?

— Non.

— Mais si... mais si. Vous allez voir. Je vais vous aider.

Le grand infirmier noir souriait de toutes ses dents en lui enfournant dans la bouche des cuillerées de compote.

— La crème, vous aimez ? Oui ? Alors, allons-y !

Cela commençait à mieux passer. Mais chaque déglutition résonnait dans sa pauvre tête.

— J'épluche l'orange, maintenant.

— Non... je vous en prie.

— Tenez, je vais vous montrer quelque chose qui va vous redonner de l'appétit.

Il sortit un papier de la poche de sa blouse et l'agita devant les yeux d'Evelyne.

— Devinez de quoi il s'agit !

Elle rougit, puis pâlit, et il dut lui frotter les tempes avec de l'alcool.

— Allons ! Allons ! Il ne faut pas vous mettre dans cet état. Décidément, tous les deux, vous êtes bien accrochés, hein ? J'ai demandé exprès de faire le service des repas dans votre unité, pour vous apporter ce mot.

Elle ne put même pas lire le papier qu'il

approchait trop de ses yeux. Les larmes l'inondaient.

— Allons, allons, je vais repartir, si vous le prenez ainsi.

Il semblait bon, cet homme. Il lui essuyait doucement les joues.

— De si beaux yeux, mademoiselle. Je comprends...

Qu'est-ce qu'il comprenait ? Elle-même n'était que le jouet de sensations inconnues. Il la moucha comme un bébé, repoussant, lui aussi, la frange trop épaisse que le pansement plaquait jusqu'à ses paupières.

« Evelyne, pardon... pardon... Baisers. Ralph »

— C'est tout ce qu'il a pu écrire. C'est pas grave, les accidents aux côtes, mais chaque mouvement, même la respiration, fait mal. Dites, ce papier, je le reprends ? Vous n'avez rien pour le ranger. Dans la table de nuit, n'importe qui peut le trouver, et votre ami se ferait attraper. Sans compter que j'en prendrais pour mon grade, moi aussi. Logiquement je ne dois m'occuper que du quartier des hommes. C'est à quelques chambres de vous.

— Oui... faisait-elle... oui ! tout en le regardant déchirer le papier froissé et en enfouir les morceaux dans sa poche.

Elle aurait voulu demander de le mettre sous son oreiller, de le lui laisser dans la main ! Y chercher le parfum de chèvrefeuille et de musc qui recréerait la présence si troublante de Ralph !

— Bonsoir, mademoiselle. Dormez bien. Faut-il « lui » dire quelque chose ?

— Oui... Oh ! oui... Dites-lui qu'il... se laisse bien soigner.

— C'est tout ? sourit le grand Noir.

— Oui.

Epuisée, elle abaissa ses cils sur le rayonnement d'un bleu intense qu'avaient eu ses yeux l'instant d'avant.

— Bien. Bonsoir, alors. Demain, c'est mon jour de congé. Il ne pourra certainement pas vous faire passer un autre billet. Mais après-demain, je serai là.

— Merci. Oh ! merci.

— Voyons, c'est naturel ! Ne remuez surtout pas votre aiguille à perfusion. C'est Marie-Louise qui vous l'a posée ?

— Je ne sais pas. C'est l'infirmière dc jour.

— Oui, c'est bien Marie-Louise. Une brave femme, et compétente. On a toujours travaillé ensemble. On peut lui faire confiance.

Il dut juger qu'il devait quelques autres explications à ce regard profondément cerné de mauve, et encore humide de larmes. Il expliqua, avec naturel :

— Je suis français, malgré la couleur de ma peau. Je suis né en France. Mes grands-parents étaient de Géorgie, aux U.S.A., comme « lui ».

Elle le remercia d'un pauvre sourire. Ralph... Comment cet homme pourrait-il comprendre qu'il lui apprenait que Ralph était de Géorgie ?

La soirée fut longue. Lorsqu'elle s'endormit enfin, la chambre, éclairée de bleu par la veilleuse de garde, recevait les rayons de la pleine lune. Où avait-elle déjà ressenti cette impression d'irréel... de lumière sous-marine ?... Elle sombra dans le repos.

Un autre matin. Le même rituel. Les douleurs, seules, changeaient, devenaient plus aiguës.

Elle reçut les soins d'un kinésithérapeute pour son poignet foulé. Massages. Rien n'y était apparemment cassé. Douleurs. Exercices... Douleurs... Massage léger... Douleurs... On refit le pansement.

— A demain.

Les yeux d'Evelyne paraissaient immenses et gris ce jour-là. Des yeux « couleur de temps » avait dit Juste. Vers midi, on lui apporta une lettre qu'on lui ouvrit. C'était de Me Bompart. « Vous recevrez aujourd'hui même votre valise que j'ai fait chercher à l'hôtel. Je suis absolument désolé pour vous. Je tenterai d'aller vous rendre visite dimanche prochain, ainsi qu'à M. Randalle. »

C'était le jour de repos de la jacassante Marie-Louise. Sa remplaçante, calme et silencieuse, fit manger Evelyne, l'avertit, en changeant la bouteille de sérum, que ce serait la dernière.

Evelyne se promit de demander, le lendemain,

à Marie-Louise ou à une garde, de téléphoner pour elle à M. Rangon, le directeur de la banque qui l'avait engagée. Dire qu'elle aurait dû reprendre son travail ce matin même ! Penser... toujours à la même chose... frémir à chaque souvenir...

Elle n'entendit pas la porte s'ouvrir, mais sentit sur son visage passer le souffle des odeurs entêtantes du couloir. Elle ouvrit les yeux.

— Mon Dieu, mademoiselle, si on nous avait dit qu'on vous retrouverait comme ça !

Julienne, l'une des emballeuses de La Rouzille ! Et Marguerite... marchant toutes deux sur la pointe des pieds, les larmes aux cils.

— Nous vous avons apporté votre sac et votre valise. Heureusement que j'ai une cousine qui travaille ici, à l'entrée ! Ils ne voulaient pas nous laisser passer. Vous n'avez encore pas droit aux visites. On ne va pas s'attarder...

Il y avait quelqu'un d'autre : Juste ! Il eut son doux sourire en se penchant vers elle.

— Comme vous nous avez fait peur !

Elle pleurait.

— Je... comme je vous remercie ! Je... je ne peux pas vous dire combien je suis heureuse de vous voir !

— Qué, nous on s'étonnait un peu qu'avant de repartir, vous ne soyez pas venue nous dire un petit bonjour à La Rouzille. Alors, Juste a téléphoné à Me Bompart. Lui non plus n'avait pas de nouvelles ! Ni de vous, ni de M. Randalle. A l'hôtel, ils avaient dit que vous étiez partis en promenade. Me Bompart n'a été prévenu qu'en fin d'après-midi et il nous a tout de suite avertis. Alors, Juste nous a amenés aujourd'hui « aveque » sa voiture, pour vous porter vos affaires. Et nous voilà !

Julienne croisait ses mains sur son ventre respectable, avec une componction de prêtre campagnard.

— Comment vous sentez-vous ? Cela seul, compte ! demandait Juste, plus bas, ardemment.

— Aussi bien que je puisse aller. Ce soir, je n'aurai plus l'appareil à perfusion. Ce sera déjà un progrès, si je peux remuer la main gauche.

— Et la droite ?

— Le poignet foulé. Ce n'est rien.

— Qué ! « Ce n'est rien », s'exclama Marguerite à son tour. Quand on est entrés, on a eu l'impression de voir l'homme invisible, vous savez ? Celui de la télé, avec ses bandes partout !

Braves femmes ! Avec elles, tout reprenait des proportions humaines. Et Juste...

— On vient de voir M. Randalle. Il paraît qu'il est moins atteint que vous, mais il a du mal à respirer.

— Vaï ! Il rouspète tout ce qu'il sait.

Juste passa au pied du lit pour être en face de la blessée. L'observer...

— Il nous a priés de ne pas nous attarder auprès

de lui et de venir vers vous, en bravant l'interdiction. Il vous transmet toutes... ses amitiés.

— Ouais ! — coupa allégrement Marguerite — même qu'il nous a dit que tout est de sa faute. Que jamais il ne se pardonnera.

Evelyne devait tirer un peu sur son cou douloureux pour apercevoir le visage si sensible de Juste. Il venait de prendre le ton impersonnel d'un employé. Sans son béret, qu'il avait ôté en entrant, il faisait plus âgé, plus mûr. Il portait ses cheveux taillés au plus court. Il avait cette inexplicable finesse du Béarnais. Son âme se lisait dans ses yeux noirs.

Ralph !... En un éclair, Evelyne se souvenait ! Elle avait cru que les yeux de Ralph étaient noirs, le premier jour. Mais elle savait, maintenant, qu'ils étaient d'un brun clair pailleté de roux. Des yeux de fauve...

— Vous souffrez beaucoup ?

Oh ! cher Juste ! Comment pouvait-elle avoir l'impudence d'évoquer Ralph, en le regardant, lui ?

— Suffisamment. Au cou et à l'épaule.

— M. Randalle a parlé d'une clinique où vous iriez avec lui ?

— Non, Juste. Qu'il y aille s'il le veut. Moi, je suis très bien ici.

— Il sait que vous ne voulez pas l'accompagner ?

Elle sourit et ce fut, sans qu'elle s'en rende compte, un sourire retenu de Joconde : sans joie.

— Je ne peux bouger. Lui non plus. Alors... c'est une infirmière qui m'en a parlé, de cette clinique. A M. Randalle, il faut le téléphone, plus de liberté, que sais-je ? Mais moi, je n'ai pas les mêmes motivations. Je reste donc à l'hôpital.

— Qué ! Et il le sait ?

Elle voulut hausser les épaules en signe d'ignorance. La douleur fut si fulgurante qu'elle poussa un cri.

— Allons, Marguerite ! gronda Juste, nous ne devons pas fatiguer Mlle Evelyne.

Et, penché vers elle, il déclara doucement :

— Nous allons repartir tout de suite. Nous reviendrons un autre jour.

Comment ne pas répondre par une chaleur égale à cette voix contenue ?

— Vous ne me fatiguez pas. Parlez-moi du travail à La Rouzille. Y a-t-il des commandes, ces jours-ci ?

C'est Julienne qui se précipita pour répliquer, ne laissant pas à Juste le temps de le faire.

— Oh ! oui, qué... c'est comme si les clients s'étaient donné le mot. On est... débordés, pas, monsieur Juste ?

Il acquiesça avec patience :

— Oui. Et le vin de l'année sera un bon millésime.

— Vous savez, enchaîna Marguerite, il y a déjà

un architecte, n'est-ce pas, monsieur Juste, qui est venu visiter la maison pour les transformations que veut M. Randalle.

Elles prenaient Juste à témoin. C'était lui, le maître. Le maître accepté avec qui on pouvait se montrer naturel, mais de qui dépendait la vie de chacun. Jamais Ralph Randalle n'obtiendrait cette affectueuse déférence.

— En effet. Il paraît vouloir respecter la disposition des pièces d'habitation. Bien sûr, il faut en refaire une partie, créer d'autres salles de bains...

— Ça, les Américains, ils passent leur temps à barboter, comme des canards.

— Julienne, voyons ! gronda Juste qui, revenant à Evelyne, déclara :

— Je dois reconnaître que nous avons eu de la chance. M. Randalle vient de me confirmer qu'il se contenterait de ces réparations. Il laisse les chais en leur disposition, et il m'a donné carte blanche pour l'achat de matériel. Pour l'organisation de la vente également. Mais ça, ce n'est pas tout à fait mon rayon. Je le ferai jusqu'à ce qu'il trouve quelqu'un pour s'occuper de cette paperasse. Nous continuerons et tenterons d'élargir notre marché français. Peut-être l'étendrons-nous, un peu plus tard, vers les Etats-Unis. M. Randalle nous a promis qu'il vérifierait là-bas, de très près, la destination et l'usage. Pas question de faire passer le cru de La Rouzille pour un cépage américain. Il semble très soucieux de cela.

— Je suis contente. Je n'avais pas trop de crainte, mais...

— On ne sait jamais, assura Marguerite. Il paraît comme ça, bien gentil, faut le reconnaître. Mais il n'est pas de chez nous.

— A moitié ! ne put s'empêcher Evelyne de plaider. Rappelez-vous que sa mère était française.

— C'est vrai. Ça explique peut-être.

Juste ne dit rien. Il cherchait sur les traits de la blessée ses réactions profondes. Y voyait-il, lui, la femme du miroir ? Elle espérait que non.

— Nous allons vous laisser, mademoiselle Evelyne. Je crains qu'on ne vous ait fatiguée.

Il avait eu une telle expression quand elle avait défendu l'« étranger » ! Elle aurait tant voulu qu'il ne souffre pas par elle ! Peut-être... un jour... remettrait-elle son avenir entre ces brunes mains racées. Quand elle aurait balayé tout autre pensée de son esprit.

— Bé, au revoir. Je mets votre sac à main dans votre table ?

— Julienne, dans ma valise, il doit y avoir une chemise de nuit ?

A genoux par terre, Julienne fourrageait déjà dans le linge d'Evelyne. Juste se détourna. Etait-il possible qu'il soit délicat à ce point ? A sa place, Ralph aurait, au contraire, examiné les pièces de lingerie que la brave mais indiscrète Julienne dépliait.

— C'est ça, je parie ? Que c'est mignon !

Puis, levant les yeux vers la jeune fille :

— Mais vous ne pourrez pas y entrer, avec tous ces machins qui vous entourent ! Ce qu'ils vous ont mis n'est peut-être pas très élégant, ni de toucher agréable, mais ça se lie derrière, et c'est la meilleure façon.

Elle avait raison, la brave Julienne.

— Tant pis. Je garderai mon bel habit d'hôpital.

— Qu'importe l'emballage, puisque la beauté reste ! parodia Juste.

Ils rirent. Simplement pour le bonheur de rire. Ils l'embrassèrent, Juste le dernier, avec la même douceur qu'il avait eue chez le notaire, le jour de la vente.

— Ah ! je dois vous dire : si les visites vous sont permises, Me Bompart a l'intention de venir dimanche.

— Et nous, lundi. Nous nous relaierons.

Ils parlaient tous comme si elle était la maîtresse de La Rouzille.

— M. Randalle trouvera peut-être que vous perdez du temps à venir ici ?

— Je ne crois pas, dit Juste avec, de nouveau, son ton plus bref.

— Bien. Merci...

Elle sentit les larmes couler sur ses tempes une fois de plus, mais eux ne virent que ses grands yeux gris-bleus, et son sourire un peu crispé, quand ils sortirent.

— La pôvre, c'est qu'elle a l'air de souffrir !

— Té, on ne lui a même pas demandé comment c'est véritablement arrivé, cette catastrophe.

— Comme tous les accidents : bêtement ! siffla Juste, la bouche soudain crispée. Cet homme ne connaissait pas le danger du carrefour de Saint-André-de-Cubzac. Elle non plus, sans doute.

— Ouais. Et puis, lui, il est de ceux qui doivent penser que tout doit s'écarter devant eux. J'ai pas voulu le dire à Mlle Evelyne, mais, à moi, il m'est pas si sympathique que ça !

— Marguerite, je vous en prie !

Les deux pies rieuses échangèrent un clin d'œil complice. M. Juste n'aimait pas qu'on attaque le nouveau maître de La Rouzille. Sans doute pour n'avoir pas à le défendre, parce qu'il ne le portait pas dans son cœur, lui non plus. Encore heureux qu'il ait eu une mère française, comme l'avait dit Mlle Evelyne, ce M. Randalle. On pourrait le considérer, au bout d'un certain temps, comme un peu du pays. Après tout, c'était leur avenir à tous qu'il tenait désormais dans ses mains.

CHAPITRE V

La veilleuse de nuit venait de passer, avec sa lampe électrique glissant sur le visage de chaque malade. Evelyne n'avait pu trouver le sommeil. Trop énervée par les visites de l'après-midi. Par contre, on lui avait enlevé la perfusion. Elle se sentait plus forte et elle faisait marcher ses doigts, son bras gauche, avec bonheur.

Dehors, la lune était encore pleine et inondait la chambre de son irréelle clarté.

Evelyne entendit comme un léger raclement dans le couloir. La garde ne se dérangea pas. Elle devait somnoler ou même dormir, sa tournée faite, sur un quelconque illustré prêté par un malade. C'était un métier dur.

Evelyne rêvassa en songeant à son propre travail. Inutile de se leurrer. Elle perdrait de nouveau sa place. C'était, en réalité, le seul héritage qu'elle aurait retiré de La Rouzille. Elle ne regrettait cependant rien. Sinon d'avoir, là, rencontré cette femme au miroir, qui aurait pu dormir en elle sa vie durant…

Elle n'entendit pas sa porte s'ouvrir doucement… très doucement… puis se refermer. Et soudain, elle eut la sensation d'une présence, le long de son lit, du côté de la fenêtre…

— Qu'est-ce que…

Non ! Oh ! non… ce n'était pas possible ! Cette odeur qu'elle aurait reconnue entre mille ne pouvait être que l'accompagnement de sa rêverie ! Pas autre chose…

— Evelaine ? Evelaine ?…

Elle ne pouvait bouger la tête. Ses yeux agrandis virent s'élever vers elle le visage de ses songes ! Il était d'ailleurs crispé de douleur, ce visage, tandis que Ralph Randalle, ayant rampé jusque-là en traînant sa jambe plâtrée, tentait de se redresser. Il tira sur le sommier de fer, ne réussissant qu'à déplacer le lit, et arracher un gémissement de douleur à celle qui croyait encore rêver de le voir surgir ainsi.

— Evelaine !… souffla-t-il… Evelaine… oh ! je ne peux me mettre debout. Sur un genou, seulement. Je veux… je veux voir vos yeux ! Je veux y trouver le pardon… Je n'ai pas pu venir plus tôt. J'ai rongé le temps ! Maintenant j'ai ma robe de chambre et je suis présentable !

Il riait presque, le monstre ! Une énorme vague de joie envahit Evelyne. C'était « lui » ! Il était venu ! Contre toute prudence, tant pour lui que pour la discipline de l'hôpital ! Ce serait toujours un sauvage ! Elle tournait désespérément ses yeux vers la droite et entendait seulement son halètement douloureux.

— Mais vous souffrez !

— Pas assez ! grogna-t-il. Quand je pense que c'est moi qui vous ai fait cela !

— Ralph ! Mais Ralph... quelle imprudence ! Si on vous trouve ici...

— On ne me trouvera pas. La garde vient de passer et je sais que vous n'avez plus de perfusion depuis ce soir. Si vous ne criez pas, personne ne saura.

Appuyant son front ruisselant sur le bord du matelas, il cala son plâtre à deux mains, contre le mur, derrière lui et, peu à peu se hissa... Ce fut magique ! « Il » était là, ses traits burinés, la sueur lui coulant aux tempes, tentant de retenir le souffle qui malmenait ses côtes !

— Mon Evelaine !

Dans la clarté de la lune, elle avait des prunelles immenses dont les cernes se noyaient dans les pansements de son visage.

— Je vous en prie ! chuchota Evelyne. C'est fou cette équipée. Et vos blessures ?

— Je voulais vous voir. Oh ! Dans quoi vous ont-ils mise ?

— C'est une gaine de plastique qui immobilise mon cou et mon dos. On appelle ça une « minerve ».

Il voulut plaisanter.

— Vous voyez à quoi ça mène, d'être trop sage ? On vous transforme en déesse de la raison !

Il se pencha, et elle le reconnut tout entier à l'avidité de son regard. Il courait sur elle comme toujours, détaillant le bras immobilisé par le pansement enrobant le buste, le plâtre de la jambe raidie dans une gouttière, un sac de sable faisant contrepoids...

— Ils vous ont opéré la jambe ?

— Oui, ils m'ont mis une broche de fer qu'ils retireront, si cela va bien, dans trois semaines. Ensuite, ce sera la rééducation, comme vous, certainement.

— Ne parlons pas de moi ! Je n'ai que ce que j'ai mérité ! Mais vous... vos vertèbres, tout ça !

— Si je ne bouge pas, ça va. Il paraît que c'est moins grave que mon genou.

— Vous croyez ? Moi aussi, j'ai une broche pour la rotule. Et... et sur... sur votre visage... c'est important ?

Elle leva instinctivement sa main gauche, libérée de l'aiguille à perfusion, tâtant maladroitement les deux pansements. Elle n'y avait même pas songé ! Elle se sentit laide. Comment n'y avait-elle pas apporté attention plus tôt ?

— Evelaine ?

Comme il devait souffrir, lui aussi. Il se penchait vers elle. Elle retrouva, mêlé à ses douleurs, le goût de son baiser tendre, l'infini du trouble qui l'avait ployée la première fois... Il éveillait en elle un vertige qui l'envahissait, comme un terrain conquis. Il quémandait plus, toujours plus! Encore... Appuyé sur une de ses mains crispées sur le bord du lit, il demandait, il exigeait ! Et elle obéissait ! Evelyne n'était plus Evelyne ! Son bras libre se referma sur la nuque d'homme aux cheveux ébouriffés. Que le temps s'arrête...

C'est elle, qui, sans s'en rendre compte, une fois encore, répondait à son baiser avec une hardiesse maladroite. Elle l'appelait, de ses lèvres, de ce qui vivait dans son corps au plus profond d'elle-même...

— Ralph !... Oh ! Ralph ! C'est fou !... fou !

— Oui... murmurait-il très bas... oui, ma petite sagesse... mes beaux yeux... mon amour... Donnez-moi ces lèvres un peu encore. Je les veux. Elles sont à moi n'est-ce pas ?... A moi...

— Oui... Oui... Oui... Ralph !

Quand ils reprirent un semblant de conscience, leur visage perlant de sueur et de souffrance, Ralph souffla avec une douceur inouïe :

— Bientôt... bientôt Evelaine... Vous serez à moi, toute !... Bientôt !

Elle l'avait lâché et ne pouvait trouver d'autre réponse que :

— Oui... Ralph... Oui, Ralph...

— Dès que vous serez transportable, mon amour, nous irons dans une clinique où nous pourrons nous voir davantage.

Les yeux illuminés des rayons enivrants de la lune, elle tentait de se reprendre, de comprendre ce que les mots voulaient dire...

— Et quand vous serez guérie, nous...

Elle leva vite, trop vite pour ne pas grimacer de souffrance, sa main libre et la lui posa, d'un effort, sur la bouche.

— Non... Taisez-vous... Non.

Il embrassait sa paume, puis ses doigts un à un, les mordillant... Même cela réveillait les pulsations étranges en elle. Elle vibrait à chacun des gestes de cet homme !

— Non, Ralph. Je n'irai pas en clinique. Je reste ici.

— Je voudrais bien voir !

— Ralph ?

Elle avait l'air d'un petit chat appelant sa mère, avec ses pupilles ainsi dilatées au-dessus des deux pansements de ses joues. Il la sentait à lui. Il savait ce qu'il faisait. S'il avait besoin d'elle, et le reconnaissait, elle avait, de lui, la même envie ! Il voulait ses lèvres, il voulait son corps, martyrisé par sa faute. Il jura :

— Damn ! je ne me pardonnerai jamais !

— C'était écrit, Ralph. Et, après tout, nous sommes vivants tous les deux.

— Oui. Mais vous êtes bien plus atteinte que moi ! Ce n'est pas juste. Evelaine, désormais, je ne pourrai plus oublier !

— Ralph, faites-moi plaisir. Ne me parlez plus

d'aller en clinique avec vous. Je... vous devez comprendre... Vous serez plus vite guéri que moi. A quoi cela servirait-il ? Et puis, je ne veux pas que... enfin... je ne...

Il comprenait très bien ce qu'elle n'osait pas dire. Elle ne pouvait ignorer l'étendue de son pouvoir sur lui. Par instants, il s'insurgeait lui-même contre cette emprise. Il n'avait été, jusque-là, qu'un cheval solitaire et rétif, prenant au hasard des troupeaux les conquêtes brèves qu'il oubliait le lendemain. Mais, cette fille-là, avec ses prunelles d'eau et d'orage... !

— Vous viendrez. Je vous promets d'être très raisonnable.

Elle voulut, une fois de plus, remuer la tête et le rappel de la douleur la vrilla.

— Vous avez mal ?

Lui aussi souffrait. Il avait mis, dans ce baiser, tant d'ardeur et de faim, que sa respiration en était encore saccadée.

— Je ne viendrai pas, Ralph. Et vous le savez bien. Ni l'un ni l'autre nous n'avons été raisonnables jusque-là.

— Je sais ! Dites-moi, vous avez vu les gens de La Rouzille, ce tantôt ? C'est Juste qui vous a mis ce refus en tête ?

Il tournait le dos à la lumière, qui l'enrobait ainsi d'un halo doré. Son regard de fauve restait dans l'ombre.

— Juste est un homme d'honneur, Ralph. Si

vous voulez que votre nouvelle acquisition fructifie, il ne faut pas le traiter en ennemi. Au contraire.

— Damné petit chat ! Avez-vous fini de ne parler que de lui ?

— Mais c'est vous qui...

— Chut ! Ecoutez...

Quelqu'un marchait dans le couloir. Avec un « han » de souffrance, Ralph fit glisser sa jambe raidie contre la plinthe. Si quelqu'un entrait, il aurait peut-être la chance de passer inaperçu, ainsi étendu dans la ruelle.

Evelyne, clignant des yeux, vit passer un bonnet blanc. La gardienne de nuit du côté « hommes », sans doute. Que se passerait-il, si on découvrait la fugue de Ralph ?

Ils entendirent les deux gardes parler dans la pièce qui leur était réservée, puis plus rien. Elles avaient dû refermer leur porte pour se faire un café. Evelyne connaissait leurs habitudes.

— Ralph, partez vite. Elles vont boire un café et referont une ronde après. Vite !

Elle l'entendit haleter dans sa progression autour du lit et sentit sa main bandée, effleurée d'un baiser qui monta, au-delà du pansement, le long de son bras. Elle put poser, d'un effort, ses doigts sur la chevelure épaisse. C'était ainsi qu'elle aimait Ralph Randalle : dans la fougue insouciante de sa puissante nature. Quelle folie ! Se pouvait-il que ce soit là un meneur d'affaires, un bâtisseur d'empire ? Ce n'était qu'un homme réclamant des miettes d'amour.

— Ralph !

Elle frissonnait encore d'avoir senti son souffle sur elle, quand elle vit la porte s'entrouvrir doucement, entendit un bruit de baiser, fait avec les lèvres, un « à bientôt » qui monta vers elle en murmure ardent. Il ne pouvait se décider à la quitter... La porte se referma cependant, et elle abaissa les paupières pour mieux l'imaginer, rampant dans le couloir...

Subitement, une immense envie de rire l'étreignit. Et elle se mit à pleurer. La femme au miroir avait gagné !

Peu après, elle entendit repasser la garde des « hommes », referma les yeux lorsque sa propre surveillante braqua sur elle le rayon de sa lampe. Puis un brouhaha, plus loin, vers la salle de Ralph ! Sa garde courut. Bien sûr, on avait dû découvrir Ralph ! Il n'avait pas eu le temps de remonter sur son lit. Il y eut des chuchotements, quelques exclamations, puis tout se calma. La soignante d'Evelyne repassa et se moucha bruyamment avant de regagner son local privé. D'un poignet rageur, Evelyne essuya ses tempes et s'apprêta à revivre son rêve trop bref.

Elle s'endormit, comme on tombe.

Le lendemain, rien de particulier ne se produisit, sinon que l'infirmière bavarde vint raconter à Evelyne que son « fiancé » s'était levé seul, la nuit, et avait réussi à enfiler sa robe de chambre. Il avait prétendu se rendre aux toilettes ainsi, sans appui.

— Je crois que le docteur ferait mieux de lui donner tout de suite deux béquilles anglaises. Vous savez ? celles qui ne montent que jusqu'aux coudes. Il verra bien, en s'appuyant dessus, que ses côtes ne sont pas à l'aise. Dites-moi, il est têtu comme ça, dans la vie ?

— Euh...

— Vous voulez pas dire du mal de votre promis, hé ? Bé, si j'ai un conseil à vous donner, c'est de lui tenir la dragée haute et de ne pas vous laisser faire, dès le début. Ces hommes-là ont une telle habitude d'être obéis que ça en devient une maladie ! Ils veulent tout diriger. Il s'accrochera d'autant plus à vous, si vous ne lui passez pas tous ses caprices.

Evelyne sourit doucement. Si elle savait la vérité, cette brave femme ! Toute la vérité... Elle sentit remonter la houle de son bouleversement intérieur. Elle n'avait qu'à baisser les paupières pour sentir encore son baiser. Un fauve... Elle l'aimait. Elle ne pouvait se cacher la réalité que ses sens, pour la première fois éveillés, avaient découverte avant son esprit, et même son cœur. Elle n'aspirait qu'à sa présence, qu'à son emprise, ses rires et ses rages ! Lui « tenir la dragée haute » avait dit l'infirmière ?

« Dieu, pardonnez-moi. C'est lui qui me tient ! »

Le soir, le soignant noir vint lui apporter une pile de magazines.

— M. Randalle a dit que, maintenant que vous êtes débarrassée de la perfusion, vous avez au moins un bras pour tenir des journaux. Il m'a aussi donné... ceci.

Une lettre de lui !

— Cette fois, vous pourrez la garder. Vous avez un sac ?

— Oui, dans la table de nuit.

— Bien. Je vais vous le passer.

Le sourire éblouissant de l'infirmier était vraiment sympathique. Evelyne lui dédia tout ce qu'elle put de chaleur dans ses beaux yeux.

— Et puis, on va bientôt vous ôter les fils des deux coupures de votre visage.

— Ce sera très marqué ?

— Mais non... Les premiers temps, bien sûr. Mais, après... On a les moyens d'obtenir des cicatrisations rapides et nettes, maintenant.

— Dis donc, toi, qu'est-ce que tu fais dans mon service ?

Le grand Noir s'en tira par une pirouette et une grimace qui firent piailler Marie-Louise. Elle n'était sans doute pas dupe !

L'après-midi, comme l'avait annoncé Juste, Me Bompart vint rendre visite aux deux blessés. Il vit Evelyne la première, lui offrit des fleurs, et revint vers elle après avoir discuté avec Ralph.

— M. Randalle m'a prié de vous dire, si vous ne le savez pas, qu'il va avoir le droit de se lever et de tenter de se servir de cannes anglaises. Ses radios sont nettes. Il voulait que vous partiez tous deux en clinique, mais il paraît que vous refusez ?

— Maître, il n'y a rien de commun entre M. Randalle et moi... Il a des responsabilités, des activités qu'il pourra mieux assumer en clinique. Tandis que moi, je n'ai qu'à attendre la guérison, et espérer retrouver mon emploi ensuite.

— Vous en doutez ?

— Je venais juste d'être engagée, et je sais que la personne que je devais aider ne peut assumer seule son travail.

Le brave homme était écarlate de n'avoir pas ôté son pardessus. Il opina :

— Evidemment... Evidemment... Ne vous faites pas trop de souci, cependant. J'ai quelques amis dans la capitale. M. Randalle, lui, y est administrateur de plusieurs sociétés. C'est bien le diable si, à nous deux, nous n'arrivons pas à vous reclasser quelque part !

Evelyne agita la main en dénégation.

— Vous n'auriez peut-être pas dû refuser la part d'héritage de votre tante ? hasarda le notaire.

— Je ne regrette rien. Les employés de La Rouzille méritaient, de voir leur dévouement reconnu et récompensé. Je n'ai jamais eu l'impression, quant à moi, d'avoir droit à quoi que ce soit.

— Enfin... fit Me Bompart en se levant et en s'épongeant le front, ne songez pas trop à l'avenir. Pensez à vous remettre, laissez-vous bien soigner. Et nous verrons tout ça quand vous serez rétablie. M. Randalle a un tel regret d'avoir été la cause de cet accident que cela m'étonnerait bien qu'il ne s'occupe pas de vous, lorsque vous serez remise, si vous avez des ennuis.

— Oh ! maître, ne lui en parlez surtout pas. J'ai l'habitude de me défendre seule dans la vie. M. Randalle n'est pas tellement fautif. C'est moi qui lui parlais et, si j'avais eu la sagesse d'attacher ma ceinture de sécurité, je n'en serais pas là.

— Bon. Eh bien, je vous quitte.

— Je vous remercie de votre visite et de ces magnifiques roses.

Me Bompart virait au carmin le plus pur. Il faisait une chaleur écrasante dans cet hôpital ! Avant de franchir le seuil, il se retourna :

— Ah ! J'oubliais : Juste doit venir vous voir demain.

Il eut un clignement malicieux de ses yeux ronds.

— Hé, c'est que vous en faites, des ravages !

Puis il se sauva, laissant Evelyne, à son tour, aussi rose que ses fleurs. Juste... Pauvre Juste ! Comment faire pour qu'il ne souffre pas par sa faute ? Elle n'avait pourtant rien à se reprocher.

Elle n'avait jamais vu en lui que le maître des chais de La Rouzille. Celui à qui sa grand-tante donnait toute sa confiance. Elle ne s'était pas rendu compte qu'il s'attachait tant à elle ! Elle n'avait commencé à comprendre que lorsque Ralph était apparu dans sa décapotable rouge. Tout de suite, un secret antagonisme avait surgi entre les deux hommes. Oh ! Ralph... Elle ne pouvait s'empêcher de ramener tout à lui, de revivre en pensée cette scène nocturne... Et si, maintenant, il avait des béquilles et la permission de se lever, qu'allait-il arriver ?

— Hello !

C'était arrivé !... « Il » était là, grimaçant de s'appuyer sur ces cannes anglaises qui le serraient aux coudes. Le torse toujours étroitement bandé. Le plâtre de sa jambe devait être lourd. Il prit tout un luxe de précautions pour s'asseoir à la place que venait de libérer Me Bompart, presque au pied du lit d'Evelyne, pour être dans son champ de vision.

— Ralph, vous savez qu'il est interdit aux malades masculins de venir ici !

— Moi pas savoir...

Il était beau, sans conteste. Beau et d'une virilité tellement affirmée qu'elle semblait à l'état brut. Tenait-il ce physique d'un ancêtre conquistador ?

— Vous avez vu Me Bompart, Evelaine ?

— Oui.

— Ces roses sont de lui ?

— Oui.

Quelle mine d'inquisiteur ! Evelyne se rappela soudain l'avertissement de l'infirmière : « lui tenir la dragée haute... ne pas vous laisser faire... ces hommes-là ont tellement l'habitude d'être obéis... » Elle n'avait pas tout à fait tort, la brave femme. Les yeux d'Evelyne se durcirent.

— Ralph, il faut partir.

— Non. Vous ne faites pas partie du personnel. Vous non plus, pas savoir ! Et puis, si on me dit quelque chose, je répondrai que j'ai bien le droit de venir rendre visite à ma fiancée, au moins le dimanche ?

— Votre... ?

Elle en oublia tout ! Les lèvres sèches, un peu entrouvertes, elle l'examinait de nouveau. « Sa fiancée »... C'était donc pour cela que Marie-Louise, la bavarde, lui avait dit de « lui tenir la dragée haute » !

— Mais... mais... nous ne sommes pas fiancés !

Il mit une volontaire cruauté dans l'ironie de sa réponse :

— Tiens ? Je croyais. Vous avez perdu la mémoire dans le choc ?

— Ralph !

Il rit encore, puis redevint sérieux, sourcils froncés, voix orageuse.

— J'avais chargé Me Bompart de vous convaincre de venir avec moi en clinique. Il paraît que vous lui avez donné de bonnes raisons pour refuser ?

… « tellement l'habitude d'être obéis… »…

— Je ne partirai pas en clinique avec vous, Ralph.

— Pourquoi ?

— Vous devriez le savoir, mieux que Me Bompart.

— Vous ne lui avez tout de même pas dit… pour… l'autre nuit ?

Elle s'offusqua sincèrement.

— Vous me croyez donc capable, non seulement d'avoir trouvé correcte votre équipée nocturne, mais de m'en vanter ? En parleriez-vous, vous-même ?

— Non.

C'était comme des balles de tennis qu'ils se renvoyaient l'un l'autre.

— J'ai dit à Me Bompart que je comprends fort bien que vous soyez obligé d'aller dans une clinique d'où vous pourrez, par téléphone, reprendre contact avec vos affaires. Mais moi, je n'ai aucun impératif de ce genre. Je reste donc ici.

— C'est une brimade, à cause de ma visite nocturne, n'est-ce pas ? J'avais pourtant cru vous faire plaisir en me traînant au pied de votre lit !

— Vous êtes à gifler.

— Allez-y !

Le sourire railleur réapparaissait dans ses yeux.

Il tendait la joue. Evelyne se retint de pleurer. Elle était si heureuse, l'instant d'avant !

— Oh ! Ralph... gémit-elle, et il abandonna aussitôt son ton persifleur.

— Evelaine ! Je vous demande pardon. J'étais seulement furieux que vous ne vouliez pas venir avec moi en clinique. Vous seriez mieux soignée. Peut-être n'avez-vous pas confiance en moi, je... je comprends. Moi-même, je ne voudrais pas jurer que... enfin, je veux dire, si vous l'exigez, j'irai dans une clinique, et vous dans une autre. C'est seulement pour que vous soyez bien soignée, que je vous propose cela.

— Je suis très bien ici. Il vaut mieux que ce soit le chirurgien qui m'a opérée qui me suive dans ma convalescence.

Il gardait un air obstiné, buté.

— Vous vous sentez mieux ?

— Oui. Un peu.

— Vous ne pouvez pas bouger dans cette... comment ?... Vénus ?

— Minerve, rectifia-t-elle sans pouvoir empêcher sa colère et son chagrin de fondre en sourire.

— Aoh ! Minerve, oui. Je vais demander à voir votre chirurgien, et, s'il le faut, on en verra un deuxième. Il ne faut pas plaisanter avec les vertèbres.

C'était, certes, un businessman.

— Ralph ! Vous êtes... désarmant. Vous oubliez que vous-même êtes blessé et avez été opéré par le même chirurgien que moi ! C'est lui qui a réduit votre double fracture, raccommodé votre rotule, et découvert la fêlure de vos côtes.

Il balaya l'objection d'un geste de la main. Ce faisant, il perdit une de ses béquilles qui heurta le fer du lit d'Evelyne. Aussitôt, une infirmière arriva et demanda :

— Mais qu'est-ce que vous faites là, monsieur ? Ignorez-vous que les hommes n'ont pas le droit de venir rendre visite aux dames dans leur chambre ?

— Donnez-moi ma canne, s'il vous plaît ! ordonna-t-il.

La femme s'exécuta sans même prendre conscience qu'elle lui obéissait.

— Regagnez votre quartier, monsieur.

— Je peux me promener dans le couloir, a dit le docteur.

— Evidemment. Mais un temps limité, pour ne pas abîmer davantage vos côtes.

— Bon. Si j'abîme pas, trouvez-vous plus respectable que je me promène dans le couloir devant les visiteurs de ce dimanche ? Au lieu que je vienne ici pour parler avec ma fiancée ?

La remplaçante n'était pas aussi autoritaire que sa collègue de la semaine.

— Euh... Monsieur est votre fiancé, mademoiselle ?

Avant qu'Evelyne rectifie, il avait clamé :

— Bien sûr, elle est ! Je l'ai dit tout de suite au

docteur, puisque c'est moi qui lui ai tout cassé dans l'accident de l'auto !

C'était amusant de constater combien il perdait l'usage du français quand il était vraiment ému.

— Bien, conclut l'infirmière. Je vous laisse une demi-heure, et après vous regagnerez votre lit.

Quand elle eut refermé la porte, il grinça :

— Et voilà ce que je ne veux plus ! Pour qui elle se prend, celle-là ? J'ai toutes les raisons de venir vous voir.

— Ralph... — les yeux d'Evelyne étaient encore noyés de rire et de larmes — ... Ralph !... vous savez bien que vous mentez. Nous ne sommes pas fiancés !

— Vous croyez ?

Une moue ironique étira ses lèvres sensuelles.

— Il me semblait, pourtant, que... avant-hier soir, nous étions d'accord, non ?

« Avant-hier soir ! »... Combien de fois avait-elle évoqué ce merveilleux souvenir...

— Vous ne devez pas vous vanter de... de cela. Vous avez souffert, et risqué beaucoup, en venant ainsi... à quatre pattes.

— Vous vous êtes laissé embrasser par... pitié ?

— Ce n'est pas tout à fait ça...

— C'est faux, affirma-t-il très net, en se carrant sur la chaise trop étroite pour lui... C'est faux, redit-il.

Et, comme il ne pouvait interroger à son aise le regard bleu errant du plafond à la fenêtre, il prit ses deux cannes, se leva péniblement, et se pencha vers elle. Il eut un « oh ! » d'agacement en s'apercevant qu'il ne pouvait capter les yeux qui fuyaient les siens. Il clopina, le front en sueur, vers le pied du lit, posa un baiser rapide sur l'ongle rose de l'orteil, qui sortait du plâtre et, se redressant, il demanda :

— Evelaine... vous savez bien comme nous nous sommes désirés, tous les deux ? Vous ne pouvez mentir sur cela ! Dites oui.

Elle eut la pensée fugace qu'elle devait être affreuse, vue ainsi avec ses pansements, sa frange qui lui mangeait le front... Eternel féminin !

— Dites-le. Répondez.

Il ordonnait. Il exigeait. Elle se risqua.

— C'est vrai que je me suis montrée bien... imprudente, Ralph ! J'avais de la fièvre, je souffrais...

— Non, coupa-t-il, ne cherchez pas à tourner autour de la vérité. Nous nous sommes désirés cette nuit-là, et ce n'était pas la première fois !

Elle referma les yeux. Dieu ! qu'il était féroce dans ses exigences.

— Ecoutez-moi. Tout ça pour dire que vous êtes ma fiancée. A moins que vous ne préfériez un mariage civil à l'hôpital ?

— Vous êtes fou, Ralph !

Ses prunelles de sauvage la fouillaient jusqu'à l'âme. Il haletait. Etait-ce seulement de souffrance ? Ne cherchait-il pas en elle la femme du miroir, celle qui vibrait sous son seul attouchement, qui gémissait : « Ralph... oui... oui... Ralph ! » Evelyne se raidissait à cette pensée. Elle affermit sa voix.

— Vous bâtissez un roman, Ralph, parce que vous êtes encore sous le choc de l'accident. Moi aussi. Et je suis coupable de ne pas m'être montrée assez ferme pour vous résister mieux. Il ne peut rien y avoir entre vous et moi.

N'était-ce pas à Me Bompart qu'elle avait déjà dit cela, ou quelque chose d'approchant ?

— Comment « rien » ? Mais c'est vous qui êtes folle, je crois ! rugit-il.

Ce qui fit revenir l'infirmière.

— Il faut regagner votre chambre maintenant, monsieur.

— Excusez-moi, madame. Puis-je embrasser ma fiancée ?

— Et comment feriez-vous, empaqueté comme vous êtes ? Pas question de vous pencher pour risquer une chute.

Si elle savait, cette femme, qu'il s'était déjà penché vers Evelyne, qu'il lui avait pris les lèvres ? Evelyne avait l'air tellement lointain tout à coup ! Il se força à la même expression. Il revint prendre sa main libre, la retourna et posa sur la paume sa joue mal rasée. Il ne l'effleura même pas. L'infirmière attendait, la mine pincée. Il claudiqua vers elle qui lui ouvrit la porte et la referma avec précaution. Elle n'avait qu'une peur : que la surveillante s'aperçoive de l'incartade. Cet homme était si beau, si grand, et fascinant ! Elle sentait les muscles durs de son bras qu'elle maintenait en marchant. Elle en avait de la chance, la petite à la minerve ! D'autant qu'il était fortuné, lui avait-on dit. Il venait d'acheter une propriété classée, dans les environs...

— Vous voilà chez vous. Et ne recommencez pas, monsieur. Vous auriez pu me faire perdre ma place si la surveillante générale vous avait vu.

— Vous croyez ? murmura-t-il, de la gaieté plein les yeux. Je vous en aurais trouvé tout de suite une autre !

Après l'avoir aidé à s'étendre sur son lit, elle s'éloigna. Il portait, sous sa robe de chambre, un pyjama de soie dont une jambe avait été coupée pour laisser passer le plâtre. Oui, elle en avait de la chance, la blessée du 24. Il était plus que séduisant, ce gars-là. Elle referma la porte, jeta un coup d'œil, en passant, vers Evelyne. On aurait dit une momie, les deux bras le long du corps, paupières closes, raide dans sa gaine de plastique. Qu'est-ce qu'elle avait de plus qu'une autre ? Il y en a qui ne connaissent pas leur chance. Elle, elle en était à son deuxième divorce...

« Ralph... oh ! Ralph... pensait Evelyne, comme ce sera dur de m'arracher à toi. Rien n'est et ne sera possible entre nous... Rien... »

CHAPITRE VI

Evelyne reposa l'écouteur de la cabine publique d'où elle venait de téléphoner à la banque qui l'employait. Elle était interloquée par l'amabilité de M. Rangon, le directeur de l'agence.

— Est-ce donc vous, mademoiselle Dandrieux ? Quel plaisir de vous entendre ! Vous êtes à Paris ?

— Oui, monsieur. Je suis arrivée hier soir, trop tard pour vous téléphoner.

— Etes-vous rétablie, au moins ?

— Oui, merci. Je voulais savoir si je puis espérer que vous aurez encore besoin de moi ?

— Bien sûr... Bien sûr. Si vous ne vous sentez pas trop fatiguée ?

— Je vais très bien. Je pensais... je croyais... enfin... Mme Fontant a dû être débordée ?

— Venez donc demain, dans la matinée. Nous mettrons tout cela au point. Il ne faut pas reprendre vos activités trop tôt.

— ... oui... je... merci, monsieur.

— A demain, chère mademoiselle ?

— A demain, monsieur.

Certes, cet homme s'était toujours montré très courtois envers elle. Mais là, c'était tout de même étonnant. Bien sûr, dès qu'elle avait recouvré l'usage de son poignet droit, elle lui avait envoyé un mot. Auparavant, elle avait chargé Me Bompart d'expliquer les faits au directeur de l'agence, sans se faire trop d'illusions. Or, il ne lui annonçait pas qu'on l'avait remplacée ! Puisque, au moment de l'accident, elle était dans les débuts de sa période d'essai, il avait parfaitement le droit de rompre son contrat...

Elle avait encore une démarche un peu raide, et, assez souvent, des douleurs au cou, mais elle était sortie de l'hôpital du Tripode tout à fait guérie. Me Bompart l'avait conduite à l'aéroport de Mérignac.

— Ne m'en veuillez pas, mademoiselle Evelyne. J'agis selon les instructions et le désir formels de Me Randalle. Il m'a envoyé un télex d'Italie, dès qu'il a appris que vous alliez sortir de l'hôpital. Il m'a prié de vous conduire à l'aéroport « doucement ». Oui... il a écrit « doucement » ! J'ai donc retenu votre place sur un vol pour Orly. Voilà votre billet. J'ai également reçu, par courrier, une somme que je suis chargé de vous remettre, en dédommagement du préjudice que vous avez subi.

— Maître, vous direz à M. Randalle, au hasard d'une de vos correspondances, que je le remercie pour sa très délicate pensée. J'accepte l'avion, je redoute en effet les secousses du train, j'accepte de bon cœur votre compagnie jusqu'à Mérignac, mais pas d'argent. M. Randalle a trop de scrupules.

— Hé, c'est qu'il se sent coupable vis-à-vis de vous.

— Rassurez-le. C'était à moi de m'occuper de ma ceinture de sécurité et, surtout, je n'aurais pas dû l'engager dans une conversation trop animée à proximité de ce carrefour dangereux.

Des rides malicieuses se formaient autour des yeux ronds de Me Bompart.

— Vous aimez bien discuter ensemble, n'est-ce pas ?

Elle avait éclaté de rire.

— C'est-à-dire... nous ne sommes pas souvent d'accord !

— Ce n'est pas une preuve de mésentente.

— Certes non. Disons plutôt : d'incompatibilité de caractères.

— Je préciserai, si vous le permettez, mademoiselle, que vous avez tous deux, « du » caractère. Ce qui n'empêche pas l'estime réciproque.

— Evidemment.

A l'aéroport, Juste l'attendait, près du centre de douane, en compagnie de Julienne, portant un bouquet de roses.

— Oh ! Juste... Julienne... Comme c'est gentil à vous !

— Nous ne pouvions pas vous laisser repartir ainsi.

Cher Juste ! Avait-il emmené Julienne avec lui pour qu'aucun sujet brûlant ne soit abordé ? Sans doute. Lors d'une de ses visites à l'hôpital, il avait tenté sa chance et avait demandé à Evelyne si elle consentirait à l'épouser. Elle se souvenait encore de l'émouvant plaidoyer de ses yeux. « Prenez tout votre temps. Réfléchissez. Je conçois très bien qu'il vous soit nécessaire d'être convaincue que vous pourrez me laisser vous aimer, vous chérir comme je le voudrais : avec l'immense respect et l'immense amour que je vous porte ! »

Puis il était parti, se permettant seulement de prendre la main qu'elle lui tendait, d'y poser d'abord son front, puis sa joue. Pas ses lèvres. Il tremblait de tout son corps.

Par la suite, il s'était fait accompagner de l'une ou l'autre des emballeuses. Seul, son regard trahissait son ardeur et son impatience. Cette retenue dont il faisait preuve montrait à elle seule combien avait de force cet amour.

Evelyne n'avait pas donné sa réponse. Il fallait que le temps passe, que s'efface de sa mémoire le visage de la femme révélée qu'elle avait affrontée dans le miroir de l'hôtel de Blaye. Qu'elle soit bien certaine... Juste méritait un don total.

Elle n'avait que très peu revu Ralph Randalle. Il était parti dans une clinique, dès qu'il l'avait pu, et y avait requis les soins du chirurgien de l'hôpital. Ainsi, il avait été tenu au courant de l'évolution de la convalescence d'Evelyne. Mais il n'était pas venu, en quittant Bordeaux, embrasser sa soi-disant « fiancée ». Ce qui avait fait longuement papoter les gardes et les infirmières. Evelyne, seule, savait...

La dernière nuit, il avait fait une nouvelle incursion, dans sa chambre, pendant la pause-café des gardes. La rotule tout à fait remise, broche enlevée, ne gardant qu'un léger plâtre de marche, il n'avait pas eu à se traîner sur le sol. Evelyne, toujours enfermée dans sa minerve, n'avait su résister davantage que la fois précédente à l'appel des lèvres de son « sauvage de minuit » comme elle l'appelait en elle-même. Elle avait, une fois encore, enfoncé ses doigts dans la chevelure épaisse, et même pris le beau visage avide entre ses paumes. Elle l'avait regardé de ses yeux immenses, pour s'en repaître sa vie durant.

— Dites-moi... Osez !... Osez me dire que vous ne ressentez pas, tout comme moi, le besoin de nous unir corps et âme, petit chat ! Osez me renvoyer !

— Ralph, vous avez raison. Je ne sais quel est ce pouvoir que vous avez sur moi !

— Moi, je sais. Tout, en vous, m'attire et m'appelle. J'ai envie de tout ce qui est VOUS !

— Ralph, partez ! Oh ! je vous en supplie, partez. Il n'y aura jamais rien de possible entre vous et moi.

— Mais si ! avait-il affirmé avec une force telle qu'elle s'en était embrasée. Mais si ! Vous verrez !

Les pensées d'Evelyne s'étaient arrêtées à ce qu'il venait de dire : « ...envie de tout ce qui est VOUS... ».

Comme il se penchait de nouveau, elle l'avait écarté de son poignet fragile et avait posé l'autre main sur sa poitrine haletante. C'était comme si elle avait touché de la pierre chauffée à blanc !

— Non. Je ne veux pas ! Ralph... je ne veux pas !

— Tu ne veux pas quoi ?

— Il faut cesser ce jeu !

Il s'était redressé.

— Un jeu ?

Sa mâchoire volontaire avait sailli au grincement de ses dents...

Puis il s'était dissimulé derrière son inimitable sourire d'enfant.

— Après tout, pourquoi pas ? Alors, on joue ? Pour le moment, j'ai l'avantage. Je marche, moi. Je vais m'en aller d'ici. Ecoutez-moi, partenaire chérie, je ne reviendrai pas vous voir. Je vais attendre que vous soyez guérie. Ce ne serait pas loyal de profiter de votre état actuel. Et j'ai beaucoup à me faire pardonner ! Quand vous serez de retour à Paris, je vous y retrouverai. A armes égales. D'accord ?

— Non, Ralph ! Ce sera toujours : non. Vous êtes trop différent de moi, trop...

— Rien du tout. Moi, j'entends votre cœur. Il dit « oui » ! A bientôt.

Il avait caressé l'orteil. Puis il avait pris une main d'Evelyne.

— Vous tremblez, avait-il constaté avec flegme.

Il avait retourné sa prise et y avait longuement promené ses lèvres.

— A bientôt, Evelaine !

Il n'était pas revenu, en effet. Il ne s'était manifesté que le jour du départ de la jeune fille, au moyen de ce télex adressé à Me Bompart. A La Rouzille non plus, il ne s'était pas montré. Il avait seulement fait parvenir un pouvoir à Juste, sur compte en banque, pour rénover et guider les cépages à son idée. « C'est méritoire de sa part », avait pensé Evelyne.

Elle se trompait : ce n'était qu'intelligence. Il avait reconnu, en meneur d'hommes qu'il était, la valeur de Juste. Me Bompart, tout sautillant de joie, l'avait raconté à Evelyne.

— Si Mme Saint-Arral voit ça, elle doit être contente !

Cher Juste ! A l'aéroport, comme Julienne, comme Marguerite et Me Bompart, il l'avait embrassée, en lui souhaitant bon voyage, et en lui demandant de revenir à La Rouzille chaque fois qu'elle le voudrait bien. Il lui avait seulement glissé à l'oreille :

— Puis-je vous écrire à Paris ?

— Bien sûr, avait-elle acquiescé.

Evelyne avait été déçue, à sa descente d'avion. Personne, évidemment, à l'aéroport. Qui aurait pu l'attendre ? Chez elle, elle ne s'était pas sentie à l'aise. Et, ce matin, cette étonnante conversation téléphonique avec son directeur !

C'était trop inattendu, trop facile.

Brusquement, elle songea qu'elle ferait bien d'aller chez le coiffeur. Elle profita de la repousse de ses cheveux pour adopter une coiffure moins dégagée sur la nuque, et fit supprimer sa frange. Elle ne pouvait oublier le doigt impatient de Ralph la soulevant : « Mais qui a osé vous changer ainsi ! »...

Quand elle vit son reflet dans les glaces du boulevard des Italiens, elle admit que cela lui allait mieux, en effet. Ralph Randalle avait raison.

Elle savait pourtant qu'elle n'aurait été qu'une passade dans la vie du beau et cruel sauvage. « Je vous reverrai à Paris » avait-il promis. C'était tout de même absurde d'en arriver là ! Rêver comme une midinette. A l'ère de l'atome...

— Allons, ma fille. Il faut faire tes courses, ton repas...

Elle bâcla ses achats, remonta chez elle en tirant la jambe.

— Dans quelque temps, vous n'y penserez plus, avait dit le chirurgien. Quant à vos cicatrices sur le visage, massez-les tous les soirs et tous les matins avec cette pommade. Ensuite, maquillez-vous normalement. Cela ne se verra presque pas.

Si, cela se voyait. Et la coupure sur la joue droite tirait sa lèvre supérieure lorsqu'elle souriait, lui donnant un charme plus piquant dont elle ne se rendait pas compte. La perfection de ses traits n'était plus la même, mais elle n'y avait pas perdu. Et les yeux gris qui la détaillaient dans le miroir de son cabinet de toilette n'avaient plus la même expression...

Le lendemain, elle se présenta à son travail à l'heure d'ouverture et fut accueillie par Mme Fontant, souriante comme elle ne l'avait encore jamais vue.

— Enfin vous ! Je suis vraiment contente de vous retrouver. Etes-vous tout à fait remise ?

— Oui, merci. Un peu de raideur dans la jambe. Mais cela passera vite.

— Le patron a pris des intérims pendant votre absence, et des stagiaires. Je nage dans la paperasse. Heureusement, vous voilà !

— Je m'attendais à être remplacée définitivement, avoua Evelyne.

— Le patron en a décidé autrement. Evidemment, je n'ai dit que du bien de vous, dès vos débuts. Et à l'annonce de votre accident, j'ai ajouté mon regret d'être privée d'une aussi valable collaboratrice.

— C'est donc à vous que je dois de retrouver mon emploi ?

Evelyne, avec une gentille spontanéité, embrassa sa collègue et toutes deux s'attaquèrent à la pile des bilans à examiner.

Peu après M. Rangon fit appeler Evelyne. Le cœur battant, elle pénétra dans son bureau vitré.

— Bonjour, mademoiselle. Alors, comment allez-vous ? Etes-vous tout à fait bien ?

— Oui, merci beaucoup, monsieur.

— Asseyez-vous donc.

Ce n'était plus là l'homme affable, certes, mais un peu réfrigérant de la première fois. Probablement, Mme Fontant avait-elle su plaider sa cause, avec conviction.

— Etes-vous sûre d'être en mesure d'assumer vos fonctions, avec toutes les fatigues qu'impose votre poste ?

— Je crois, oui. J'aurai peut-être à vous demander de m'accorder, de temps en temps, un accommodement d'horaire, suivant ce que le kinésithérapeute va m'indiquer. Je vais, vous vous en doutez, lui demander de me recevoir le soir. Mais si ce n'est pas possible...

Le réfrigérant patron, tout sourire, l'interrompit :

— Ne vous souciez surtout pas de cela. Prenez tout le temps nécessaire pour votre rééducation. Votre emploi comporte des visites à l'extérieur, donc vous êtes tout à fait libre. Vous n'aurez qu'à vous entendre avec Mme Fontant.

— Elle m'a accueillie de façon tout à fait charmante.

— Elle est ravie, voulez-vous dire ! Vous êtes donc libre de vous organiser à votre gré. Je vous dispense également de dactylo. Mme Fontant vous dira à qui donner votre courrier.

— Merci, monsieur.

— C'est naturel, voyons ! Quand on a la chance de trouver une employée discrète et efficace comme vous, on tient à la conserver. Vous verrez d'ailleurs que le montant de votre salaire a changé. En effet, je considère que le temps d'essai est terminé. Désormais, vous bénéficierez d'une rémunération plus en rapport avec la place confidentielle qui est la vôtre. Tout comme Mme Fontant.

Evelyne ne put que remercier, une fois de plus. Si elle devait toutes ces faveurs à Mme Fontant, il fallait que cette dernière ait une bien grande influence sur M. Rangon !

Emue, elle exprima une seconde fois sa reconnaissance à sa collègue et, sans plus tarder, se mit à la tâche. Il y avait, en effet, un retard considérable.

Quelques jours après, elle reçut, à titre personnel, un télégramme à la banque. La première pensée qui lui vînt à l'esprit fut : « C'est de Juste ! La Rouzille... »

Elle s'était trompée. C'était de « lui »... Ralph ! et bien de sa manière d'oser la relancer ouvertement à son travail. D'autant que ce feuillet bleu était empli tout entier. Ralph Randalle devait ignorer la concision télégraphique...

« Je crois que je perds la deuxième manche de notre partie, petit chat. Stop. Il faut penser à moi. Stop. Bientôt, nous nous reverrons. Stop. Ecrivez-moi à l'adresse de New York que je vous ai donnée. Stop. Je suis absent mais on me fera suivre. Stop. Je vous embrasse, que vous le vouliez ou non. Stop. Signé : Votre Ralph. »

Evelyne releva un visage tellement bouleversé que Mme Fontant s'inquiéta.

— Rien de grave, j'espère ?

— Non, merci. C'est... c'est... un ami qui s'étonne de ne pas recevoir de mes nouvelles. Je l'avais oublié...

Elle disait n'importe quoi ! Elle s'apercevait bien que son émoi la révélait. Mme Fontant lui adressa un sourire apaisant, presque complice... Puis, discrètement, elle partit porter un papier inutile à quelqu'un dans la salle des guichets.

Quand elle revint, Evelyne s'était reprise, avait enfoui le télégramme dans son sac, et reporté toute son attention au dossier qu'elle examinait. L'impudent personnage ! Comment pouvait-il oser la relancer dans son travail ? Il avait son adresse personnelle, pourtant. Il n'avait qu'à lui écrire, comme Juste.

Cher Juste ! Si réservé, si délicat ! Ponctuel, il lui envoyait chaque semaine un mot chaleureux, la tenant au courant des changements à La Rouzille, de l'avancement des travaux de réfection.

Il terminait toujours par « mes meilleures pensées ». Cher, oui, cher Juste ! Evelyne devait, certains soirs, s'avouer qu'il lui manquait. Quelle paix, quelle force tranquille étaient les siennes ! Avec lui, les jours s'égréneraient dans la douceur.

Elle n'arrivait pas à se décider. Dès qu'elle pensait pouvoir lui écrire : « J'accepte, Juste... » l'image d'un autre venait s'imposer à elle.

Lui ! « J'ai envie de vous et vous, de moi »... Etait-ce possible que seule, une attirance physique les ait ainsi rapprochés ? Si elle devait dire « oui » à Juste, il fallait, auparavant, que le beau et dur « sauvage de minuit » disparaisse à jamais de son horizon personnel.

Mais comment faire ? Lui aussi écrivait ! Toujours par télégrammes, et à la banque. Elle finit par en prendre son parti. Il semblait qu'aucun de ses collègues ne s'en étonnât.

« Vous trichez, mon hirondelle. Stop. Vous me laissez sans nouvelles. Stop. Méfiez-vous. Stop. Je vais apparaître, un soir. Stop. Moi, j'ai besoin de vous. Stop. Et vous ? Avez-vous besoin de moi ? Stop. Je suis sûr que oui. Stop...

Un jour que le télégramme tout entier n'avait été qu'un rappel de l'élan qui les avait jetés l'un vers l'autre, dans la nuit de l'hôpital, elle décida de lui répondre. D'un trait, sans réfléchir, elle jeta ces mots sur le papier :

« Je ne veux plus entendre parler de vous. Je vous ai dit qu'entre nous il n'y aurait jamais rien de possible. Nous vivons, l'un et l'autre, dans deux mondes différents. Vous êtes trop sûr de vous. Je déteste cela. Et toutes vos allusions aussi. Vous m'avez, un certain temps où je n'étais plus tout à fait moi-même, troublée. Mais c'est fini. Laissez-moi. Oubliez, comme moi. Tout. »

Cette lettre dut porter car elle ne reçut plus de télégrammes pendant plusieurs semaines. D'où venaient, alors, ces crises de larmes qui la prenaient dans son sommeil ? Surtout dans son sommeil et dans ses rêves ? Toujours les mêmes !

Ne pourrait-elle, un jour, se déprendre de cette hantise ? Les jours passaient. Sa santé s'altérait. Le maquillage, heureusement, l'aidait à cacher les marques de ces tourments à Mme Fontant. Pas tout à fait, cependant. Un jour, elle la vit dans le bureau de M. Rangon. Ils la regardaient tous deux. Elle en fut contrariée, et plus encore quand Mme Fontant revint lui dire :

— Le patron voudrait vous voir.

Contrariée, elle se rendit dans le bureau vitré.

— Alors, mademoiselle Dandrieux, qu'est-ce qui se passe ? J'ai remarqué, et Mme Fontant vient de me le confirmer, que vous avez une bien petite mine, ces derniers temps. Vos séances de rééducation en sont-elles la cause ? Dans ce cas, prenez une semaine de congé.

— Mais non, monsieur, je vous assure. L'hiver est pénible pour tous.

— Votre travail ne vous déplaît pas ?

— Au contraire. J'espère que Mme Fontant n'a pas à se plaindre de moi ?

— Ah ! ça non ! C'est elle, vous ai-je dit, qui m'a confié qu'elle aussi vous trouvait l'air fatigué. Peut-être aimeriez-vous reprendre vos enquêtes à l'extérieur ?

— Comme vous voudrez, monsieur.

— Arrangez-vous avec Mme Fontant. Je suis sûr qu'elle ne demandera pas mieux.

C'est elle qui attaqua tout de suite Evelyne, revenue très troublée de cette entrevue.

— Alors, vous prenez quelques jours de repos ?

— Non. Je suis surprise de l'intérêt que me porte M. Rangon. Serait-ce que vous ne me trouvez pas suffisamment de cœur à l'ouvrage ?

Mme Fontant eut un de ses rares sourires.

— Qu'allez-vous chercher là ? C'est tout à fait l'opposé. Je ne voudrais pas que vous tombiez malade. J'ai pris l'habitude de votre collaboration, moi ! Pourtant, vous avez beau vous en défendre, votre fatigue se voit sur votre visage. Il faut vous ménager. Vous avez subi une importante commotion lors de votre accident. Il vaut mieux vous arrêter quelques jours.

— Je n'y tiens pas, je vous assure. Par contre, M. Rangon m'a proposé de reprendre quelques enquêtes.

— Et cela vous ferait plaisir ?

— Beaucoup, oui.

— Eh bien, c'est parfait. Je ne suis plus très jeune, moi, et je serais satisfaite qu'on se partage ces sorties. Justement, il faut vérifier la comptabilité et le bilan d'une crémerie, dans le treizième arrondissement. Les patrons veulent s'agrandir, et l'emprunt serait d'importance. Il faudrait examiner cela sérieusement. Voulez-vous vous en charger ?

— Certes oui. Et... je vous remercie pour tout ce que me dites d'amical.

— Je le pense. Très sincèrement, je le pense.

En effet, la reprise des enquêtes fit du bien à Evelyne. Perdue dans la foule, elle pouvait mieux échapper à son problème : Juste... Ralph... La tendresse du cœur... les exigences du corps... L'avenir...

En rentrant d'un de ses après-midi d'enquêtes, elle eut l'intuition, en regagnant la banque où l'affluence était considérable, que quelque chose allait se passer.

Les employés des guichets parlaient bas. Tous semblaient absorbés dans leur travail. Evelyne se dirigea vers le fond où se trouvait, près du bureau de M. Rangon, la porte d'entrée du personnel. Il y avait, comme souvent, une visite chez M. Rangon. Son cœur s'arrêta ! Ce dos... large... massif... Cette nuque où foisonnaient des cheveux indisciplinés !... « Lui »... Ralph... Ici ! Pourquoi ?

M. Rangon leva les yeux sur Evelyne, pétrifiée. Le visiteur se retourna. C'était bien Ralph Randalle ! Un frisson parcourut la jeune fille. « Lui »... c'était lui...

Il se leva, parut hésiter une seconde puis, à sa manière rude, décidée, ouvrit la porte du bureau vitré, fonça vers la jeune fille.

— Enfin ! murmura-t-il... Enfin vous !

Et, juste à cet instant, une voix cria, venant de l'entrée :

— Les mains en l'air ! Tout le monde !

Il y eut un coup de feu. Tous comprirent vite, clients et employés. Trois hommes, vêtus d'imperméables beiges, le visage déformé par des bas de nylon en cagoule, pointaient chacun une arme vers la foule pétrifiée.

L'un d'eux désigna le mur, à l'opposé des guichets où étaient restés, mains en l'air, les clients.

— Vous, par là. Et couchez-vous le long du mur. Vite !

Un autre commandait aux employés :

— Vous, tous debout ! Et mains en l'air, je répète ! Plus haut !

Le troisième se dirigeait déjà vers la cage où les deux caissiers restaient assis, mains tremblantes haut levées.

— La caisse, vous ! Tout de suite !

L'un des deux caissiers tourna la tête, instinctivement, vers le bureau vitré où M. Rangon était seul, debout, bras en l'air comme tout le monde, ce qui alerta le malfaiteur.

— Hé, là-bas, vous êtes le patron ? Sortez, plus vite que ça, et à plat ventre. On est nerveux de la détente !

Un autre coup de semonce tiré au jugé. Ces hommes avaient des yeux partout. Bien évidemment, ils devaient être déjà venus reconnaître les lieux.

M. Rangon n'eut qu'à pousser la porte de son bureau laissée entrouverte par Ralph Randalle. Car ce n'était ni un rêve, ni un cauchemar ! Ralph était bien là, Evelyne le contemplait, les pupilles dilatées, comme hypnotisée ! Elle seule ne s'était pas tournée vers les malfaiteurs. Elle seule ne se sentait pas concernée. Ralph était là !

Et il ne la regardait même pas ! Son attention à lui était tendue vers les deux caissiers qui ne se décidaient pas à obéir aux gangsters.

— Donnez l'argent !

Qui avait parlé ? Ralph ! C'était bien lui... oui... Tranquillement, il était passé devant Evelyne et lui faisait un rempart de son corps tout en lui intimant très bas :

— Levez les bras, petite imbécile !

Il se mit à avancer au milieu des corps étalés des clients. Il levait une main, l'autre pendait, inerte. Il dit très haut aux caissiers :

— Allez-vous vous dépêcher ? J'ai dit : donnez la caisse.

— Les deux ! corrigea un des assaillants.

— Les deux, acquiesça Ralph.

Les caissiers sortirent les sacs de toile déjà prêts pour le ramassage.

— T'as pas compris, toi ? aboya vers Ralph le malfrat qui était le plus près de lui. Les deux mains en l'air !

— Peux pas. J'ai un bras paralysé. C'est moi le directeur.

— Toi ? Parfait. Viens ici, tu vas nous servir de couverture.

Ralph mit une certaine complaisance à s'exécuter, passant le long des guichets sous les regards horrifiés de tous, le revolver du voyou pointé dans son dos !

Un cri aigu retentit :

— Ralph !... Non... Non !

Le bandit, instinctivement, se retourna, tandis que ses deux complices, chargés des sacs du butin, réagissaient plus lentement. Ralph, d'une poigne rapide comme la foudre, attrapa le bras de l'homme dont l'attention avait été, une fraction de seconde, détournée vers Evelyne. D'une prise de judo, il fit virevolter l'homme au-dessus de lui, et, sans presque lui laisser le temps de retomber, le cueillit d'un formidable direct au menton.

Tout se passa, alors, très vite. La rafale de mitraillette, mal dirigée, heureusement, par un de ceux qui portaient des sacs... Le signal d'une voiture de police, l'ordre de Ralph :

— Restez au sol, tous !

Et le cri d'un gangster :

— On est faits. Barrons-nous !

Ils se jetèrent pratiquement dans les bras des policiers qui arrivaient, abandonnant leur complice qui rêvait aux anges sur le sol.

A l'intérieur, clients et employés, sortant de leur immobilité, hurlaient au secours à qui mieux mieux. Tous l'avaient échappé belle.

Un des guichetiers resté debout, mains en l'air, s'écroula. M. Rangon, qui avait fait tomber Evelyne d'une secousse violente, alors qu'elle appelait : « Ralph » lui demanda en l'aidant à se relever :

— Ça va ?

— Oui... oui.

Il demanda, criant presque pour couvrir le brouhaha qui montait :

— Qui est blessé ?

Parmi les clients, une femme était évanouie. L'un des employés, celui qui s'était effondré, avait, lui aussi, perdu connaissance. Il saignait abondamment de la tête. Un autre se tenait l'épaule où s'était logée une balle...

Des civières arrivèrent. On y coucha les deux blessés. D'autres, légèrement atteints, sortirent, soutenus par les agents.

Les malfaiteurs se révélèrent être de très jeunes

gens. Le tireur était, sans conteste, leur chef. Et pourtant, c'était lui qui avait le plus manqué de sang-froid !

L'officier de police, sa besogne faite, les blessés en route pour l'hôpital, les voleurs dans la voiture cellulaire, vint au-devant de M. Rangon, la main tendue.

— J'espère que cela ne sera pas trop grave pour vos blessés. Il faudra venir signer votre déclaration quand vous aurez les résultats de l'hôpital.

M. Rangon se tourna vers Ralph Randalle revenu vers lui.

— Ils ont bien choisi leur moment, ces gars ! J'ai eu tout le temps d'appuyer sur la sonnette d'alarme reliée au commissariat. Vous voyez, c'est utile d'avoir mon bureau au fond.

Le policier attendait, tourné vers Ralph, l'air interrogateur.

— Je vous présente M. Randalle, président-directeur général de notre Société et, si j'en crois le vol plané qu'il a fait faire à l'un des gangsters, champion de judo !

— Content de vous connaître, monsieur Randalle. Mes félicitations. C'est une bonne prise pour nous.

— Eh bien, tant mieux !

Ralph lui écrasa les doigts de sa poigne vigoureuse.

Puis il se tourna vers le groupe scindé en deux

par la barrière des guichets : celui des clients et celui des employés.

— Mesdames, messieurs nos clients, je vous serais très obligés de bien vouloir donner vos noms et coordonnées à notre personnel. Nous veillerons à vous dédommager pour ce très mauvais instant que vous venez de vivre dans notre établissement.

Puis, vers les employés :

— Mesdames, messieurs, je suis désolé pour vos camarades qui ont été atteints. Comment s'appelle celui qui a été blessé à la tête ?

— Le jeune Combe, monsieur. Un stagiaire, répondit M. Rangon, avec déférence.

— Il sera engagé d'office. Je souhaite que sa blessure ne soit pas grave. Je vais aller voir ce qu'il en est, à l'hôpital. Monsieur l'officier de police voudra bien m'accompagner ?

— Certes.

— Bien. Remettez à présent la recette à ces messieurs du ramassage que voilà justement. Ensuite, acceptez-vous de vous remettre de vos émotions en dégustant le champagne que je vous offre, et que M. Rangon va se faire un plaisir d'aller chercher ?

Le directeur de l'agence, qui regagnait déjà son bureau, se retourna, la mine réjouie.

— Avec joie, monsieur.

Evelyne était restée appuyée au grillage des guichets. Elle avait des yeux démesurés. Ralph reconnaissait cette expression... celle qu'elle avait eue lors de l'éveil de ses sens, sous son étreinte. Le même air de découvrir un autre monde ! Il eut, pour elle seule, un léger clin d'œil.

— Décidément, je suis voué aux hôpitaux ! dit-il à la cantonade.

Tous, sans comprendre, se mirent à rire.

— Ça alors ! Je n'aurais jamais cru que c'était lui le P.-D.G. ! murmura Mme Fontant.

Evelyne, la voyant près d'elle, eut l'air de sortir d'un rêve.

— Vous le connaissiez, madame ?

— Oui. C'est-à-dire, je savais que c'était un personnage important de l'administration. Mais le P.-D.G. ! Si jeune ! Ça alors, non !

— Il vient souvent ici ?

— Non, pas très. Il paraît toujours pressé et va directement dans le bureau de M. Rangon. Ils discutent ensemble. Puis il repart. Si on m'avait dit...

Evelyne commençait à entrevoir des vérités qu'on lui avait cachées, à elle aussi. Des vérités qu'elle aurait pu longtemps ignorer... s'il n'y avait pas eu ce hold-up manqué.

Elle s'excusa auprès de Mme Fontant.

— Je m'en vais. Je préfère rentrer tout de suite.

— Vous n'attendez pas le champagne ?

— Non.

— Vous êtes toute pâle, voyons !

— Ce n'est rien. Rien du tout. A demain.

CHAPITRE VII

Le bain chaud avait détendu Evelyne. Elle s'enroula dans sa sortie de bain et se dirigea vers sa petite cuisine. Ses pensées commençaient à s'ordonner. C'était donc Ralph à qui elle devait d'avoir été réintégrée aussi facilement dans sa place, après sa longue absence ! Et l'amabilité de M. Rangon, de Mme Fontant...

Une violence bouillonnait en elle qu'elle tentait de juguler. En réalité, même s'il n'y avait pas eu entre Ralph Randalle et elle cette attirance physique, le fait d'avoir été en rapport d'affaires avec lui aurait suffi pour qu'il la recommande à son directeur de banque. D'autant qu'il avait estimé se sentir responsable de l'accident de voiture. Mais... Oh ! Ce clin d'œil de tout à l'heure !

Cela signifiait qu'il ne s'en tiendrait pas là.

Elle réchauffa un peu de soupe, mit au four deux croque-monsieur qu'elle avait préparés le matin, avant de partir, et fit l'assaisonnement de sa légère salade. Voilà, tout redevenait simple, quotidien, routinier. C'était ainsi que les choses devaient se dérouler.

Il était certain que Ralph tenterait de la voir. Elle se promit d'être aimable et sincère avec lui. Cela lui paraissait plus facile, maintenant qu'elle se sentait dans une position d'employée, une des multiples employées de M. Ralph Randalle.

Elle avait bien senti, dès le début, qu'il n'y aurait jamais rien de possible entre eux, dans l'avenir. Elle avait son orgueil de fille modeste. Elle ne cèderait plus jamais à l'appel de la femme au miroir. Elle se respectait trop pour cela.

En repoussant Ralph Randalle, elle n'avait agi que par instinct. Comme elle s'en félicitait maintenant ! Elle était trop pauvre, et lui trop riche. Elle lui devrait un « merci » pour l'avoir recommandée à la banque, mais elle savait qu'elle en partirait un jour prochain, discrètement. Et tout serait dit. Ce serait humiliant de rester la débitrice de Ralph Randalle. Elle ne s'expliquait pourquoi, mais elle sentait que ce serait mal. Elle n'oserait plus regarder ses collègues en face...

Assise dans sa cuisine de poupée, elle tentait de faire les gestes de tous les jours. Elle essayait aussi d'ordonner ses pensées. Au tintement de la sonnette d'entrée, son cœur battit la chamade. Lui ?...

Puis elle se détendit, en resserrant son peignoir. Ce n'était certainement que le courrier qu'elle avait encore oublié de prendre dans sa boîte, au rez-de-chaussée, et que, souvent, une obligeante voisine lui montait avec le sien. Elle ouvrit... C'était bien cela ! Quelques mots... un bonsoir...

Elle referma sa porte. Juste !... sa lettre hebdomadaire, son écriture un peu désordonnée. Elle l'avait oubliée !

Cette écriture n'allait pas avec la contenance si correcte de Juste ! Par contre, elle était bien le reflet de cette ardeur qu'il avait au fond des yeux, de cette muette et constante supplication... oui... : supplication ! C'était la première fois qu'Evelyne devinait que là était le cœur de son problème. Juste suppliait. Ralph exigeait. Comme ils étaient dissemblables !

L'amour de Juste était le plus sûr. Pourquoi Ralph Randalle était-il venu brouiller les cartes ? S'il avait été autre, Evelyne n'aurait pas attendu si longtemps pour répondre à l'appel silencieux, retenu, mais combien sincère, combien profond, de Juste ! Elle serait peut-être en ce moment sa femme ! Et heureuse sur son sol où étaient leurs communes origines.

Le second coup de sonnette la surprit moins. Cela aussi faisait partie des habitudes de la voisine. Elle devait avoir besoin de sel. C'était une brave femme, un peu envahissante, contre laquelle Evelyne se défendait avec gentillesse mais fermeté.

Mais voilà... ce n'était pas la voisine ! Evelyne recula, la gorge nouée.

— Vous ne m'invitez pas à entrer ?

Elle recula encore, jusqu'à se heurter à un des deux fauteuils de son petit living. Ralph entra, sans se démonter, et referma la porte d'un coup de talon. Il resta là, dans l'entrée, à dévisager la jeune fille nimbée de la clarté du jour finissant, comme il l'avait vue la première fois, au seuil du chai de La Rouzille.

— Vous avez laissé pousser vos cheveux. Vous venez de prendre un bain ? Puis-je m'asseoir ?

Il n'attendit pas davantage la permission, alla jusqu'à elle, se laissa tomber dans le fauteuil en l'attirant à lui. Elle se retrouva assise sur ses genoux, tenant toujours la lettre de Juste contre elle.

— Evelaine !

D'un seul geste, il l'abattit contre son épaule et lui imposa un de ses extraordinaires baisers. Elle le retrouvait, oui ! Il n'avait pas changé. Ses lèvres, ses mains, tout en lui était impatience. En un éclair, elle sentit que, dans quelques secondes, il serait trop tard !

Elle s'arracha à lui qui ne la retint pas. Debout, haletante, elle jeta :

— Comment osez-vous ? Ici, vous n'êtes pas chez vous. Vous êtes chez moi et je ne vous ai pas prié de venir !

Il eut sa moue d'enfant puni :

— Ne me dites pas que je vous dérange !

— Vous me dérangez, en effet !

— Petit chat, fais tes griffes ! Vous êtes trop tentante, miss Evelaine ! Ne me direz-vous pas bonjour, après tant de sagesse ?

— Bonjour, monsieur Randalle.

— Pourquoi n'avez-vous jamais répondu à mes télégrammes ?

Ah ! oui... les télégrammes... Elle dit, le plus sèchement qu'elle put :

— Les fameux télégrammes dont toute l'agence a fait des gorges chaudes ! Vous ne pouviez pas les adresser ailleurs ?

— Où ? Ici ? Réfléchissez, amour chéri, je savais que vous n'étiez pas chez vous dans la journée. Les télégraphistes auraient seulement laissé un avis de passage, vous disant d'aller les chercher à la poste. Or, vous rentrez trop tard pour être à la poste avant la fermeture. C'était tellement plus sûr de les adresser à la banque !

Il se moquait avec, dans les yeux, cette lueur sauvage qu'elle n'aimait pas. Elle ne répondit pas. A quoi bon ? Il jouait avec tout, avec tous ! Au patron bienveillant qui s'occupait du sort de ses employés blessés et de leurs familles. A l'étranger naïf qui donnait toute sa confiance à un maître de chai pour lequel il n'avait aucune sympathie. A l'homme d'affaires qui ne pouvait pas « perdre son temps » à l'hôpital, sans téléphone pour diriger son empire et ses vassaux. Au sportif expédiant un apprenti-gangster d'une prise de judo. A l'homme ardent, sûr de lui, infaillible de virilité et de charme. A l'amoureux transi, se plaignant comme un gamin de n'avoir pas reçu de réponse à ses invraisemblables télégrammes, alors que, lui, courait le monde...

Il jouait !... Eh bien, elle allait en faire autant.

— Bon, fit-elle, puisque vous le prenez ainsi, autant avoir une bonne conversation, vous et moi.

— Ah ! ça, c'est gentil, chérie !

— Sous certaines conditions !

— Je dis « oui » à tout.

— Parfait. Tout d'abord, vous ne m'appellerez plus « chérie ». Vous ne chercherez plus à m'embrasser.

Il cligna des paupières. On aurait dit, vraiment, un tigre calculant le saut qu'il allait faire pour attraper sa proie.

— Vous êtes dure ! Dure et douce ! Je vous aime ainsi. Je déteste les brebis bêlantes.

— Je vais vous proposer quelque chose : voulez-vous partager mon repas ? J'étais en train de le préparer. Un peu sommaire, mais vous y remédierez dès que vous serez hors de chez moi.

Il se leva si brusquement qu'elle eut peur et lâcha la lettre de Juste. Ralph, promptement, la ramassa.

— Tiens ! Vous avez un autre correspondant, à ce que je vois !

— Cela ne vous regarde pas.

Comme elle était belle ainsi, sa poitrine parfaite soulignée par le peignoir. Ralph fut près d'elle sans qu'elle ait eu l'impression qu'il se déplaçait.

— Dis-moi... dis-moi que tu ne me désires pas. Ose ! Dis-le...

Il l'avait prise tout contre lui, la serrait à la briser, et elle devenait instantanément de feu, se laissant aller sans plus rien entendre de sa raison... Un dernier sursaut cependant, comme une plainte !

— Ralph !... Je vous prie... Oh ! Ralph...

Il la laissa aller. Il était pâle.

— Voyez comme je perds la tête dès que je vous sens près de moi, Evelaine. Mesurez-vous la force qu'il me faut pour... pour dominer...

Il se tut, se passa les doigts dans les cheveux. Il tremblait.

— Je suppose que je dois vous prier de m'excuser ?

Oui, il le devait. Mais elle ? Elle se sentait aussi fautive que lui. Elle savait qu'elle l'aimait. Lui, et nul autre. Avec ses défauts et ses qualités, s'il en avait. Tout comme elle savait qu'avec lui, la vie serait un paradis et un enfer.

Elle ne voulait pas de cette vie-là ! Elle n'aspirait qu'à la paix d'un bonheur tranquille, profond, discret.

Elle s'aperçut soudain qu'elle était nue sous son peignoir.

— Un instant, s'il vous plaît !

Elle courut vers la salle de bains, s'y enferma.

Elle ne savait plus rien. Ni d'elle, ni de cette autre femme qui appelait de toutes ses forces le contact de la peau chaude, du buste dur, des bras impérieux qu'elle venait de retrouver !

Là, dans la glace, elle reconnaissait ce qu'elle était devenue vraiment : Evelaine... Elle avait bien perdu. Mais elle ne l'avouerait jamais. Ni à « lui ». Ni à Juste. Ni à nul autre être au monde. Elle VOULAIT à tout prix la liberté de son corps et de son âme. Si cela impliquait une vie solitaire, tant pis.

Tout en tentant de récupérer son contrôle, elle avait remis des vêtements : corsage, jupe droite, souliers à talons hauts. Elle se brossa les cheveux, les laqua. Un dernier coup d'œil, oui... elle pouvait se présenter devant le fauve qui l'attendait. Voilà.

Il était assis, le plus confortablement possible, dans un des fauteuils du living. Il était plongé dans un journal qu'il ne devait certes pas lire ! A l'entrée d'Evelyne, il se leva très vite. Elle devinait combien il était vraiment bouleversé... Son visage en portait les stigmates. Elle comprenait qu'elle ne devait son propre salut qu'à sa force de volonté, à lui !

— Je... je pense que... vous avez changé d'avis, et que vous ne voulez plus que je partage votre repas ?

C'était encore un autre ! D'une impeccable

correction de ton, de langage. Sans repentir comme sans agressivité. Seuls, ses yeux... Une vague de pitié balaya Evelyne.

— Mais si. Je vous demande votre parole, si... si vous pouvez me la donner, de... de ne plus agir comme... comme vous l'avez fait.

Sa voix était altérée lorsqu'il répondit :

— Vous avez ma parole. Il faut essayer de me pardonner, Evelaine. Cela m'est très difficile de me contrôler devant vous ! J'ai tant attendu ce jour ! Je vous prie d'accepter toutes mes excuses pour... pour... cette fois encore !

Elle ne répondit pas, gagna rapidement la cuisine, alluma son four pour les croque-monsieur. L'assaisonnement de la salade était fait. Elle l'allongea et sortit de son placard une boîte d'excellent confit de foie de canard. C'était Julienne qui le lui avait procuré à La Rouzille.

Revenu dans le living, elle se battit, comme toujours, avec la serrure du petit meuble-bar.

— Whisky ? Martini ? Porto ?

— Porto, si vous voulez bien. Je suis un Américain qui déteste le whisky. Drôle, non ?

Elle sourit sans lever les yeux, en disposant la petite table qui se dépliait lorsqu'elle recevait quelqu'un.

— Amusant, apprécia Ralph. Puis-je vous aider ?

Il accrocha les attaches, vérifia la solidité du tout, en pesant un peu, très peu... sur le plateau.

— Quelques biscuits ? Voulez-vous vous servir pendant que je vérifie mon four ? Un doigt de porto pour moi, seulement.

Elle présenta son confit, coupa le pain, oublia sel et poivre, apporta des assiettes et pas de couverts. Quand cesserait-elle de trembler ? Etait-ce cela, l'amour ? Cette folie... Le porto lui redonna du tonus et elle put présenter des croque-monsieur à peine brûlés.

— Excusez-moi, je suis un peu...

— Du tout. C'est moi qui viens vous déranger.

Ah ! non. Ils n'allaient pas continuer cet échange de banalités. Elle voulait régler son problème, ce soir !

Ralph s'extasia devant le confit, et se tut quand elle lui en eut dit la provenance.

— Pardonnez-moi : je n'ai qu'une sorte de fromage.

— Mais c'est très bien ainsi.

— Et des fruits.

— Parfait. Ce vin, c'est de La Rouzille ?

— Oui. J'en ai rapporté quelques bouteilles.

Il goûta, l'examina. Il avait une mâchoire carrée, un menton volontaire creusé d'une légère faille en son milieu. Si Evelyne s'était évertuée à fuir son regard, il en avait fait autant de son côté. Ni l'un ni l'autre n'ignorait leur trouble respectif.

— Ecoutez, Evelaine, et ne me répondez pas si vous jugez que je suis indiscret. Vous correspondez souvent avec ceux de La Rouzille ?

— Oui. M. Cazenove m'écrit environ une fois par semaine, ou Julienne, ou Marguerite. Me Bompart aussi m'envoie un mot de temps en temps.

— Et vous leur répondez ?

— Evidemment.

Il y eut un silence lourd. Très lourd. Evelyne sentait dans chaque fibre de son être le mal qu'elle faisait à cet homme qu'elle voulait rayer de sa vie. Elle ne savait comment attaquer cette explication qu'elle jugeait si nécessaire. Ce fut lui qui, sans le vouloir, lui tendit la perche.

— Vous... vous avez fait des projets d'avenir avec M. Cazenove ?

Ses traits durcis étaient ceux d'un homme à la torture. Elle ne put juguler l'élan qui la pencha vers lui, au-dessus de la table.

— Non. Cela, non. De ma part du moins.

— Mais lui ?

Elle baissa la tête.

— Il... il attend ma décision.

— Pourquoi le faites-vous attendre ainsi ? Ne savez-vous pas qu'on ne joue pas avec un cœur ?

Quelle amertume dans la voix nette, soudain si froide !

— Je ne... je suis pas sûre de moi.

— Vraiment ?

Il n'allait pas plaider la cause de Juste, tout de même ! Ce serait risible. Risible à en pleurer !

— Ecoutez, Ralph... Il faut que vous et moi

mettions beaucoup de choses au net. Je veux croire que vous avez acquis la conviction que je ne suis pas une fille facile, et que...

Il la coupa, un sourire presque triste aux lèvres! Il était déconcertant en tout.

— « Conviction »... peut-être. Je pense que vous serez une femme qu'un homme sera fier d'avoir à ses côtés.

— Merci. Cependant, ce soir encore, j'ai pu vous donner l'impression du contraire... mais je vous assure que...

— J'ai dit que vous SEREZ une femme dont un homme pourra s'enorgueillir. Pour l'instant...

Il laissa la phrase en suspens. Evelyne pétrissait une boule de mie de pain de ses doigts tremblants.

— Pour l'instant, avoua-t-elle, je ne sais plus où j'en suis.

— Moi non plus! Cela vous satisfait-il?

— C'est vous, n'est-ce pas, qui m'avait fait réintégrer à la banque, malgré ma si longue absence?

— Oui, admit-il, et c'est moi aussi qui, pour vous avoir là, à ma portée, vous ai privée de votre ancien job.

— Oh! c'est vous qui...?

— Oui. Vous êtes une excellente collaboratrice, vous savez. Votre ancien patron tenait énormément à vous.

— Vous avez fait cela pour...?

— Pour vous avoir sous la main, oui.

Le terrain redevenait plus solide. La bonne volonté et la sincérité dont il faisait preuve la libéraient.

— Et, évidemment, vous avez désigné le poste où j'ai été placée. Cela m'étonnait qu'on mette une « nouvelle » à l'étude de dossiers confidentiels.

— Je plaide coupable. Je savais que vous étiez digne de cette confiance. En fait, tout s'est enchaîné sans que j'en aie eu d'abord l'idée. Mme Fontant avait vraiment trop à faire, et la personne qu'il lui avait adjointe n'était pas d'une discrétion exemplaire. Il fallait là quelqu'un d'irréprochable. Rangon m'a dit cela au téléphone, alors que j'étais en pourparlers avec Me Bompart pour l'achat de La Rouzille. J'ai tout de suite pensé à vous. Notre brave ami notaire, sans le savoir, m'a mis votre candidature en main. J'ai prié Rangon de prendre patience.

Il se mit à sourire comme un gosse qui évoque une bonne farce.

— Je vous ai mise à l'épreuve, souvenez-vous ! Mais cet accident a failli tout faire casser. De la clinique j'ai pu téléphoner à Rangon, lui expliquer. Et lui donner l'ordre de vous attendre une fois encore. Il l'a fait de bonne grâce. Ensuite, Mme Fontant et lui ont été très satisfaits de vous. Je ne devrais peut-être pas vous le dire. Vous allez me demander de l'augmentation ?

Comment lui en vouloir ? Elle se détendait. Et il

le sentit. Il lui dédia un autre sourire, plus épanoui. Où étaient passés sa colère et son bouleversement ?

— C'est vrai, vous savez, que vous êtes une excellente employée. Alors, vous voyez que j'ai fait une bonne affaire, en vous enlevant à votre infernal pool dactylographique !

Le petit tiraillement de sa cicatrice retroussa un peu la lèvre d'Evelyne.

— Je vois... Je vois que vous vous êtes servi de moi comme d'une marionnette dont on tire les ficelles.

Il fixait ce tic involontaire.

— Je sais, dit-il en frappant du poing dans la paume de son autre main,... je sais ce que c'est !

Elle leva ses beaux yeux, plutôt interloquée.

— Quoi donc ?

— Ce qu'il y a qui fait de vous une autre !

— Comment ?

— Oui... c'est la blessure que vous avez eue au visage !

Elle y porta les deux mains. Il protesta :

— Non ! Cela vous donne un charme de plus !

Il prit un air effrayé.

— Oh ! un compliment... Vous allez vous fâcher ? Je vous fais mes excuses.

Elle secoua la tête et ses cheveux blonds se gonflèrent joliment.

— Ne me faites pas plus sévère que je ne suis.

— Vous l'êtes assez comme cela, savez-vous ?

Cette fois, elle ne put que rire, franchement.

— Vous riez ! s'extasiait-il... Alors : amis ?

Elle lui tendit la main que la sienne attendait au-dessus de la table.

— Amis.

Elle se leva.

— Je vais faire du café.

— Oh ! je fais très bien aussi. Puis-je vous aider ?

Il était déjà sur le seuil de la cuisinette. Evelyne était là, comme une souris prise au piège. L'éclat d'enfantine gaieté n'avait pas disparu des traits parfois si durs de Ralph. Et il venait de reprendre son accent.

— C'est amusant, ici. Vous avez vraiment préféré ça à La Rouzille ?

— Je n'avais pas à « préférer ». Je n'avais qu'un devoir à remplir, une justice à rétablir. Ces gens, là-bas, ont, bien plus que moi, droit à continuer l'œuvre de ma grand-tante.

Il attrapa le fil de la cafetière électrique, trouva, comme s'il avait toujours vécu là, la prise où il enfonça la fiche, et déclara d'un ton résolument convaincu :

— Vous êtes une fille très bien, mademoiselle Evelaine.

Quand elle eut rempli les tasses : « Sucre ? »... « Trois pour moi s'il vous plaît »... Trois sucres ! Un enfant, il n'était qu'un enfant ! Le trouble avait quitté Evelyne.

— En fait, Evelaine, vous savez, je n'ai pas « tiré les ficelles » comme vous avez dit, sans raison.

Elle le regarda, ahurie, et elle ne put savoir combien ses yeux étonnés, sa bouche entrouverte, avaient de charme.

— C'est vous qui avez dit, tout à l'heure, que j'avais tiré les ficelles de vous.

— Ah ! oui... comme une marionnette !

— Vous n'êtes pas du tout quelqu'un qu'on peut faire marcher comme une marionnette, Evelaine. Seulement, réfléchissez. Tout est de ma faute. Je vous ai pris La Rouzille... Je vous ai fait l'accident... l'hôpital... la souffrance... c'est moi le responsable ! Il était juste que je vous donne le petit coup de doigt pour que le destin vous soit bon dans votre travail, au moins.

— De pouce... le reprit-elle machinalement.

— Vous dites ?

— On dit « le petit coup de pouce ». J'aurais préféré que vous me teniez au courant de vos intentions au préalable.

— Les auriez-vous acceptées ?

— Peut-être pas.

— Vous voyez ! Et notez que je n'ai pas mis les pieds à la banque depuis que vous y êtes. D'ordinaire, j'y passe à chacun de mes séjours à Paris.

— Vous êtes déjà venu dans la capitale, depuis mon retour ?

— Quatre fois. C'est bien, n'est-ce pas ? Je vous ai laissée en paix.

— Mais enfin, monsieur Randalle, je suppose que vous avez une vie de famille quelque part. Une vie sentimentale !

Il la fixa droit, ses traits brusquement creusés lui rendant son visage de meneur d'hommes.

— Vous savez que je n'ai plus ni père ni mère. Me Bompart l'a dit, lors des actes de vente de La Rouzille. Je ne suis pas marié. Je n'ai que des cousins éloignés, une poignée de ce que je considère comme des relations plutôt que des amis. Quant à ma vie sentimentale, je l'ai menée comme tout le monde. Pour l'instant, et depuis que je vous ai rencontrée, j'ai clos le chapitre. J'espère que vous me ferez l'honneur de me croire ?

C'était là un cadeau qu'il lui faisait, lui !

— Vous savez, une fortune aux activités diverses demande plus de soins et de temps qu'une famille.

— Vous aimez cela, le pouvoir de l'argent ?

— J'apprécie, quelquefois. Mais, dès que j'ai fini de monter un nouveau job, que tout roule bien, je m'ennuie. Je me lance alors dans autre chose.

— Et vous n'avez jamais perdu ?

— Pas encore. Cela peut venir. Quand je vous vois ici, vivant dans cet appartement minuscule, travaillant sans plus de responsabilités que vous ne pouvez en assumer, je vous envie.

— Tout de même ! Vous avez des compensations !

— Qu'est-ce que vous appelez des compensations ?

— Le pouvoir de l'argent. Cela vous permet de faire, en tout, ce que vous voulez.

— Croyez-vous ? L'argent peut-il vraiment « tout » me donner ?

Elle rougit sous l'allusion à peine voilée.

— Non, vous avez raison. Quant à moi, davantage d'argent ne me serait guère utile. Sauf pour remplacer quelquefois ma voiture, ironisa-t-elle. Elie pensait que, s'ils avaient été sur le même plan, elle et lui, il n'y aurait plus eu d'obstacle à leur bonheur.

— Une voiture ? Vous voulez que... ?

Elle leva son doigt délicat.

— Chut, Ralph. N'abordons pas ce sujet. Si je veux remplacer ma vieille voiture, j'attendrai d'avoir assez d'économies pour y pourvoir.

— Oh ! ces petites Françaises, avec leurs économies... Là-bas, en Amérique, les femmes, les hommes, les familles ne vivent que de crédit. Jamais d'économies !

— Je me sentirais bien mal dans ma peau, moi, si je devais vivre ainsi. Les Français ont besoin d'avoir leurs arrières assurés.

— Ça, je ne comprends pas. Je veux dire : l'expression « leurs arrières assurés »...

Elle rit, et il s'enchanta une nouvelle fois de

cette cicatrice qui rendait plus attirantes encore les lèvres roses.

— Les Français font des économies, en cas de besoin. De maladie, d'accidents, pour faire face à tout ce qui peut advenir dans la vie.

— Je crois comprendre. Ma mère disait : « Il faut garder une poire... »

— Une poire pour la soif, oui.

— Evelaine, c'est très difficile d'avoir trop d'argent. Je ne peux pas arrêter ma vie. Trop de gens dépendent de moi, dans mes affaires. La banque qui a, vous le savez, des succursales dans presque tous les pays du monde, mes autres responsabilités dans diverses branches. Je fabrique des autos de course, vous savez ? Je voudrais faire des voitures de tourisme, maintenant.

— Pourquoi donc vous charger de tant de responsabilités ? Est-ce que vous aimez vraiment gagner de l'argent ?

— Oui. C'est amusant, déclara-t-il avec la même sincérité détendue qu'il avait eue depuis le début de leur conversation. Voyez, par exemple, pour vous, j'étais vraiment content de pouvoir vous dédommager de l'accident que je vous ai fait !

— Vous ne l'avez pas « fait », Ralph. « Nous » avons eu un accident. Il y en a des centaines tous les jours. Il ne faut pas vous culpabiliser ainsi. Ce que vous avez fait pour moi me touche beaucoup.

Et je ne regrette pas d'avoir quitté le pool de dactylographie.

— Oh ! Votre ancien patron, c'était un bourreau... Quand je pense à ce salaire de misère qu'il osait vous donner pour tenir toute la journée dans cet enfer ! Je ne lui ai pas caché ma pensée ! J'avais envie de lui écraser le nez sur son bureau !

Evelyne rit de nouveau.

— Vous êtes extraordinaire, Ralph ! Voyez-vous, entre nous, tous les malentendus viennent du fait de votre fortune qui vous rend si puissant. On a envie de se rebeller, devant cela. On a beau penser que, n'étant pas français, vous n'avez pas les mêmes réactions...

— Evelaine ! Je ne veux pas être un étranger pour vous. N'oubliez pas que ma mère était parisienne. Elle était infirmière pendant la guerre. C'est en soignant mon père, blessé à côté de soldats français, qu'elle l'a aimé. Il ne lui a pas été étranger, à elle !

— Ralph ! Pardonnez-moi.

— C'est la part de mon être qui est française qui m'a empêché de venir vous voir à mes précédents passages à Paris. Et il y a eu ce hold-up. Sinon, je ne serais pas encore venu. Je ne m'explique pas pourquoi, mais il me semble que ma mère m'aurait dit : « Attends... Attends encore ! ».

— C'est bien pensé, dit Evelyne en tentant de juguler son émotion. Et c'est le côté américain de votre personne qui vous a poussé à m'envoyer ces télégrammes.

— Evelaine !

Elle eut peur de nouveau, à le voir si pâle soudain. Il était terriblement beau lorsqu'il était ému.

— Evelaine, je dois vous dire... enfin je dois vous demander... Permettez-vous à notre... notre — il cherchait soigneusement ses mots et cela leur donnait un poids de serment — ... à notre amitié... — Je peux dire : amitié ? oui ?... Permettez-vous à notre amitié de vivre beaucoup... longtemps ?

— Bien sûr, Ralph. J'ai, pour vous, une estime que vous méritez largement, et une amitié sincère, croyez-le.

— Pas d'amour ?

Il était ainsi : il profitait de toutes les failles pour les élargir, les creuser.

— Evelaine, ne vous fâchez pas, je vous en prie. Dites-moi, vous n'avez pas d'amour pour moi ?

Ce fut à elle de devenir pâle et à ses traits de se figer. Elle ne voulait pas lui mentir. Il avait abattu tous ses atouts. C'était lui qui l'avait révélée à elle-même. Il le savait. Elle aussi chercha ses mots.

— Je suis... attirée vers vous, Ralph, si c'est cela que vous voulez m'entendre dire. Vous n'aviez pas besoin de cet aveu pour le savoir.

Mais... l'amour, Ralph, il me semble que c'est plus encore ! Plus grand... plus tendre...

— Et Juste, lui, il est tendre avec vous ? Il écrit des lettres, lui. Il est de votre pays. Il est beau. Il est intelligent. Je peux comprendre à quel point il m'est supérieur. L'aimez-vous d'amour, lui ?... Aimez-vous l'embrasser ?

Elle se leva, il en fit autant.

— Vous n'auriez pas dû dire cela. Ralph. Je fais de mon cœur ce que je veux. Juste Cazenove est mon ami. Il est respectable et vous aurez toujours, en lui, un maître de chai qui défendra vos intérêts de toutes ses forces. Mais vous n'avez pas le droit de vous immiscer dans ses sentiments et dans les miens. C'est, je vous le répète, un ami très cher pour moi, qu'il soit ou non de mon pays.

— Et moi, Evelaine, suis-je aussi un ami très cher ?

Elle dut lever son visage vers lui, si grand. Et si c'était vraiment l'amour ? Sa voix trembla tandis qu'elle murmurait :

— Oui, Ralph. Un ami... très cher !

— Oh ! Evelaine, je reviendrai. Dans deux semaines je serai là. Ou alors... plus jamais. Il faut que tu réfléchisses, tu entends, ma petite fille ? Je veux une réponse dans deux semaines. On ne peut pas continuer comme ça. Moi, non. Si tu dis oui pour moi, alors tu seras ma femme. Je ferai ce que tu voudras de tout mon argent. J'ai un cousin qui ne demandera pas mieux que de s'occuper de tout.

Nous, nous vivrons comme tu voudras. A La Rouzille même, si tu veux. Je reviendrai viticulteur. Je travaillerai de mes mains, pour toi. Tu entends, Evelaine ? Pour toi. Je te demande.

Ce n'était pas vrai. Il ne « demandait » pas. Il exigeait. Il martelait ses phrases de son poing sur le dossier du fragile fauteuil. Elle ouvrit la bouche pour lui répondre, pour qu'il se rende compte, pour… Il fut contre elle, une fois de plus, avec sa souplesse et sa force de félin.

— Tant pis, dit-il. J'ai besoin d'un dernier…

Il souffla le mot : « baiser » sur les lèvres mêmes d'Evelyne. Et ce fut l'envoûtement, la défaite retrouvée, la certitude, pour elle, que c'était l'amour. Pour elle… Certainement pas pour lui ! Il n'était qu'un féroce mangeur d'âmes. Un rapace qui ne manquait pas ses proies…

Elle ne sentit même pas quand il la repoussa, chancelante, prunelles éteintes… Le bruit de la porte qu'il refermait sur lui l'ébranla tout entière. Elle se laissa glisser sur le sol, doucement, et elle pleura... Elle pleura l'amour découvert et peut-être déjà condamné !

CHAPITRE VIII

Le calme était revenu à la banque.

Dès le lendemain de ce jour mémorable, Evelyne avait demandé une entrevue à M. Rangon.

— J'ai appris seulement hier, monsieur, par M. Randalle lui-même, que j'ai bénéficié auprès de vous de sa recommandation. J'en ai été assez gênée, je l'avoue. Aussi, je tiens à vous dire que, si mon travail laisse à désirer, j'attends de vous que vous m'en parliez directement comme vous le feriez pour n'importe quelle autre employée. C'est un point d'honneur auquel je tiens beaucoup.

— Je vous comprends, chère mademoiselle. Je savais que vous étiez dans l'ignorance de la recommandation de M. Randalle. C'est lui-même qui m'a, tout de suite, mis au courant. Il craignait votre refus, si vous appreniez sa démarche, au demeurant fort naturelle. Le recrutement est, ici, trié sur le volet. Si je vous ai engagée, c'est évidemment à la demande de M. Randalle, mais aussi en raison des excellents renseignements que j'ai obtenus de votre ancien employeur. Cela, M. Randalle ne le sait pas. J'espère que vous garderez le secret. Je vous le répète, je suis très difficile sur le recrutement de mon personnel. Maintenant je vous connais, je vous ai jugée. C'est sans influence aucune que je vous confirme que vous donnez entière satisfaction. Il n'est, d'ailleurs, que d'entendre Mme Fontant parler de vous, et la voir vous traiter d'une manière si amicale, presque maternelle, pour être convaincu de votre efficacité. Elle est plutôt avare de ce genre d'éloges, d'ordinaire !

— Sait-elle ?

— Non, évidemment. M. Randalle avait exigé la plus grande discrétion. Quant à moi, je vous l'avoue, du fait que le poste que vous occupez traite d'affaires très confidentielles, je n'aurais pas voulu influencer votre collègue. Même pour être agréable à M. Randalle.

Evelyne, qui ne pouvait savoir quels atouts étaient, pour elle, son visage clair et ses yeux francs, avait remercié avec un sourire heureux. Le terrain se déblayait devant elle. Inconsciemment, elle avait dû sentir que quelque chose n'était pas net dans cette façon d'être engagée comme si on l'avait attendue, espérée !

Il allait de soi que, maintenant, tous les employés savaient qu'elle connaissait le grand patron. Mais Ralph les avait tellement stupéfiés par son sang-froid lors du hold-up, puis par l'intérêt qu'il leur avait témoigné à tous, qu'ils ne s'étaient pas attardés sur le cas d'Evelyne. Ils discutaient abondamment, par contre, du compte rendu qui avait été fait par les journaux.

« Un P.-D.G. et le directeur d'une de ses agences bancaires font échouer un hold-up, rue Drouot... »

Mme Fontant elle-même prit le temps de savourer les articles et de les commenter à Evelyne. Mais, par réserve, elle ne se permit aucune allusion au fait que Ralph avait paru être des amis de la jeune fille. Evelyne, reconnaissante, la mit au courant de l'essentiel de ce qui les liait, Ralph et elle. Elle lui parla de La Rouzille, de l'accident de voiture. Elle lui demanda, aussi, de ne pas divulguer ce qu'elle lui confiait.

Mme Fontant fut enchantée de cette confiance. Elle sourit de ses lèvres minces, étoilées par l'âge de petites rides en éventail, et promit qu'elle garderait le secret.

Evelyne s'apprêta donc à se remettre au travail de meilleur cœur. Elle avait encore lutté, une partie de la nuit, contre l'évidence qui l'avait écrasée, la veille, après le départ de Ralph. Elle l'aimait. Avec son corps trop docile, mais aussi avec son cœur, son âme ! Elle avait douté de l'amour. Celui-ci se vengeait.

Elle avait envisagé de quitter la banque, de ne plus y mettre les pieds. Puis elle avait réfléchi. Entre Ralph Randalle, le brasseur d'hommes et d'argent, et elle, si elle demeurait une de ses plus modestes employées, rien ne serait possible. Elle avait trop de fierté. Elle avait aussi une conscience aiguë de n'être qu'un accident de parcours, dans sa vie à lui. Les plus belles femmes étaient à sa portée. De celles qui n'auraient pas tout à recevoir de lui et qui pourraient, à ses côtés, jouer leur rôle dans tous les palaces, dans toutes les capitales du monde.

Evelyne, elle, avait eu, et n'aurait toujours qu'un seul rêve de bonheur : une vie simple sous le ciel du bon Dieu, l'épaule d'un compagnon pour y appuyer son front... Puisque ce compagnon était inaccessible, elle resterait seule. Si elle cédait à Ralph, elle se mépriserait elle-même, tout d'abord. Ensuite, quelle misère serait la sienne lorsqu'il commencerait à la négliger, puis à l'oublier ! Car c'était là l'aboutissement fatal de cet élan qui les attirait l'un vers l'autre. On ne vit pas avec un homme toujours en déplacement d'un point à un autre du globe ! Un téléphone à chaque oreille, et deux interphones — ou plus ! qui sait ? — sur sa table de chevet. Il s'accrochait à Evelyne, pour l'instant, par instinct du chasseur qui VEUT sa proie. Elle l'avait éconduit. Il s'était entêté. Rien de plus. Si ce n'était que, pour elle, tout était gâché à jamais ! Plus encore que si elle ne l'avait jamais rencontré.

C'était sous son baiser qu'elle s'était éveillée, sous ses caresses qu'elle avait connu ce qui n'arrive pas à toutes les femmes ! Elle aurait quand même eu sa part de paradis... Elle était sûre que si elle avait obéi à l'appel des yeux de ce fauve bien-aimé, elle n'aurait plus jamais à connaître la paix.

Elle se plongea dans le travail et cela lui fut une aide appréciable. Elle redoutait le soir. Toujours, elle reverrait Ralph, si large, si beau, encastré dans le trop petit fauteuil. Toujours, elle sentirait ses mains sur sa bouche, elle le retrouverait, se découpant dans l'encadrement de la porte de sa cuisinette. Oh ! Ralph... Ralph... Je vous aime... je vous aime... Et jamais je ne vous le dirai...

C'était si vrai qu'un monde les séparait ! Maintenant et toujours...

Elle dormit dans ses larmes.

Le lendemain, alors qu'elle revenait d'une course chez un client, M. Rangon lui fit signe, de son bureau vitré.

— M. Randalle vous a demandée au téléphone, mademoiselle.

Elle se figea et pâlit tellement qu'il ajouta, très vite :

— Il m'a demandé de vous dire ceci : il faut que vous appeliez votre notaire, d'urgence. Maître... Attendez... je l'ai noté... Ah ! voici : Me Bompart à Blaye. C'est important.

Après les télégrammes, le téléphone ? Oh ! non...

— Il est lui-même à Monaco, continuait

M. Rangon, et ne peut se déplacer, à ce que j'ai compris. Il désire vous charger d'une mission.

Ayant dit, le vraiment très agréable M. Rangon sortit de son bureau, y laissant Evelyne seule, devant l'appareil téléphonique et une feuille où il avait noté : « Appeler d'urgence Me Bompart 38-67-26 à Blaye. »

Evelyne réfléchit rapidement. Cela ne pouvait concerner que La Rouzille. Elle respira mieux. Ce n'était pas une conversation intime avec Ralph ! Elle fit deux fois le numéro du notaire.

— Me Bompart vient de sortir, répondit la secrétaire. Ah ! c'est vous, mademoiselle Dandrieux ? Me Bompart, justement, nous avait prévenues que vous appelleriez. Il nous a dit de vous prévenir qu'il se rendait à La Rouzille.

— La Rouzille ? Que s'est-il passé ? Vous êtes au courant ?

— Un peu... M. Cazenove a été assez grièvement blessé.

Juste... Le noble et silencieux Juste !

— Me Bompart ou M. Randalle ont-ils laissé des instructions pour moi ?

— Oui, mademoiselle. Tous deux souhaitent que vous vous rendiez le plus rapidement possible à La Rouzille. Vous avez un avion à 12 h 30 et des taxis à l'aéroport.

— Merci beaucoup. Je pars.

Elle raccrocha, les yeux fixes. Juste ! Juste... qu'elle avait si bien oublié toutes ces dernières heures ! Juste pour lequel elle ressentait une immense tendresse...

— Vous avez des ennuis, mademoiselle ?

M. Rangon venait d'entrer et s'inquiétait devant l'attitude d'Evelyne, pliée en deux comme si elle avait reçu un coup au creux de l'estomac, et en larmes. La jeune fille sursauta en l'apercevant, comme s'il venait de tomber d'une autre planète. C'était trop d'événements en trop peu de temps !

— Oui. M. Randalle me fait demander, par l'intermédiaire de son notaire de Blaye, de prendre immédiatement l'avion et de me rendre à la propriété dont je vous ai parlé, et dont il a fait l'acquisition. Il est lui-même retenu à Monaco, paraît-il, et ne peut prendre les mesures nécessaires sur place. Son maître de chai vient d'avoir un accident.

M. Rangon consulta sa montre.

— Vous prenez l'avion ?

— Oui, évidemment. Ce doit être très urgent.

— M. Randalle m'a dit quelque chose comme ça, en effet. Voulez-vous que je vous conduise en voiture jusqu'à l'aéroport ?

— Merci, monsieur. Je vais prendre un taxi. Je dois passer chez moi au préalable.

Elle eut un regard navré.

— Je ne suis pas une employée de tout repos ! Veuillez m'en excuser, monsieur.

— Allons... Allons... n'allez pas vous mettre martel en tête ! C'est M. Randalle lui-même qui vous a demandée. Il m'a paru assez ému, au téléphone. Connaissait-il, lui aussi, ce monsieur ?

— Oui. C'est un être d'exception que cet homme. Toute la valeur de la propriété, c'est lui !

— Je vous téléphonerai ce soir, monsieur. Si je ne peux le faire avant la fermeture, je vous appellerai dès demain matin.

— Décidément, ma pauvre enfant, vous paraissez vouée aux catastrophes, en ce moment !

— Oui... D'abord l'accident de voiture, puis le hold-up. Et maintenant... Juste !

— Juste ?

— Oui. C'est le prénom de M. Cazenove. Je le considère comme un ami très proche.

... très proche... très proche... Evelyne appuyait sa tête douloureuse au fauteuil de l'avion secoué par des turbulences. Juste !... Juste qui allait peut-être mourir !... Ce n'était pas possible ! Mon Dieu... pas lui !

Dire qu'hier encore elle reniait l'amour qui la portait vers Ralph, et souhaitait que, l'apaisement revenu, elle puisse accepter de passer sa vie au bras d'un compagnon comme Juste !

Dire aussi que c'était ce même Ralph qui l'envoyait vers le blessé ! Elle n'était pas dupe. Nulle obligation n'aurait pu empêcher un Ralph Randalle de venir à La Rouzille s'il l'avait vraiment voulu. Qui sait... C'était peut-être par altruisme, comme elle le pensait en l'en aimant davantage, qu'il s'effaçait devant Juste en danger ! C'était peut-être aussi — qui sait ? — pour elle-même. Pour qu'elle réfléchisse mieux... « Je vous donne huit jours... »

L'avion se posa sans qu'elle ait trouvé un peu de calme. Un car d'Air France l'amena en ville, où elle trouva immédiatement un taxi pour la conduire à La Rouzille.

Chacun des détails de la route lui entrait dans l'âme. Il faisait gris, mais doux. Les vignes s'étendaient à perte de vue. La Rouzille ! Elle s'apercevait maintenant, trop tard, qu'une partie d'elle-même était demeurée là.

— Tournez jusqu'à l'entrée, s'il vous plaît, et déposez-moi devant l'habitation de maître.

Tandis qu'elle payait le taxi, la porte d'entrée s'ouvrit sur la silhouette familière de Julienne.

— Mademoiselle Evelyne ! Oh ! Mademoiselle !

Elles pleuraient ensemble, dans les bras l'une de l'autre. Juste ?

— Oh ! pôvre... pôvre...

— Comment va-t-il ? Que s'est-il passé ?

— C'est toute une histoire ! Enfin, paraît qu'il pourra s'en tirer. Grâce à une petite qu'on a embauchée il n'y a pas longtemps. Une gentille gamine qui est au laboratoire. Parce que, vous savez, on a un laboratoire maintenant. Vouaï...

Julienne séchait ses larmes.

— Julienne, dites-moi comment va Juste !

— J'y viens. Cette petite donc avait pris des cours de secourisme. Elle a posé le garrot très bien, qu'a dit le docteur. Elle a aussi désinfecté la plaie pendant la syncope de M. Juste, à l'alcool pur, dites ! Ça l'a réveillé, du coup ! Il a bien du courage, mais il a hurlé ! Moi, j'ai cru me trouver mal ! Le docteur a dit que cela lui avait fait gagner un temps précieux. Il a pu recoudre la plaie, et il a,... attendez que je me souvienne bien... oui... il a posé des trains.

— Des drains, rectifia machinalement Evelyne, dont les lèvres étaient sèches.

Julienne dosait ses effets...

— Vouaï, des drains. C'est des tuyaux, quoi ! Heureusement, qu'il a dit aussi, le docteur, que l'artère féma... fémo...

— Fémorale ?

— Vouaï ; vous savez moi, je connais pas tout ça. Heureusement donc que l'artère fémorale a pas été touchée, sinon c'était l'amputation !

— Oh ! non...

— Bé, c'est ce que j'ai entendu.

— Mais, qu'est-ce qui est arrivé ? Comment Juste a-t-il été blessé ?

— Bé voilà : M. Just il avait commandé une charrue espéciale qui peut retourner la terre entre quatre rangées de vigne à la fois, vous vous rendez compte ? Ce qu'on fait tout de même maintenant ! Bref, M. Juste a demandé au patron, votre M. Randalle. Il lui demande chaque fois qu'il veut avoir quelque chose, s'il est d'accord et, chaque fois, il dit à Juste de faire comme il l'entend. Ça, il est pas regardant !

— Julienne ! Me direz-vous ce qui s'est passé pour Juste ?

Qu'elle se hâte, qu'elle parle plus vite, qu'elle réponde avec précision... Evelyne n'osait lui montrer son agacement. Pauvre Julienne ! Son visage était boursouflé des pleurs versés !

— Bé, M. Juste a voulu essayer son engin pour l'arpent du bas, celui des jeunes plants. Et pis, il est descendu de sa machine sans doute, ou bien il s'est trop penché. Toujours est-il qu'il est tombé. On ne sait pas trop. Lui, il se rappelle plus. Il est sous le choc, qu'a dit le docteur. Faut pas le questionner.

— Julienne... venez au fait. Il est tombé, bon. Et ensuite ?

— Té, vous savez que, là-bas, il y avait toujours un soc inutilisé, près du vieux puits. Même que M. Juste disait toujours qu'il fallait le remonter et tenter de le remettre en état. Faut croire qu'il y a des moments où on se demande... Enfin, M. Juste est tombé en plein sur la lame rouillée qui lui est entrée dans la cuisse ! Voilà. Comme un torero qui se fait trouer par le taureau, a dit le docteur. Vouaï !

— Mon Dieu ! Il a perdu beaucoup de sang ?

— Bé oui. Le docteur il est parti à Bordeaux chercher de quoi faire une transfusion. Et puis je sais pas quoi d'autre. Il a dit que la gamine lui avait sauvé la vie, à M. Juste ! C'est qu'il était tout seul, quand c'est arrivé et qu'il s'est hissé en rampant, tout le long de la remontée, presque jusqu'ici ! C'est Marguerite qui l'a vu la première. Il venait de s'évanouir. Les hommes l'ont porté jusqu'à la maison. La petite s'est occupée de lui, et le docteur est arrivé. Me Bompart aussi. Ça, c'est moi qui ai dit de l'appeler. D'abord, il aime bien notre M. Juste... qui ne l'aimerait pas, hé ? ... et pis, c'est un accident du travail, ça. Y a des papiers à remplir, je le sais.

— Et c'est Me Bompart qui a prévenu M. Randalle ?

— Vouaï. Lui, il sera là dans deux jours. Il est à Monaco et il doit passer en Italie de toute urgence, paraît ! Il a dit de tout faire au mieux pour Juste. Clinique et la suite... Mais le docteur n'a pas voulu. Pour l'instant il ne supporterait pas le transport. Vous vous rendez compte ? Même que Juste a dit qu'il ne voulait pas partir, que rester ici serait le plus sage. C'est pour s'occuper du travail sur place, pour quand il ira mieux. On le connaît, nous !

Bien sûr ! Et comment ne pas l'aimer cet homme équitable et bon ? N'était-il pas la sagesse même ? La droiture... le courage... ?

— Vous savez, on n'a pas le droit de trop le fatiguer, mais je suis sûre que, rien que de vous voir, ça va le faire aller mieux. Venez, mademoiselle.

Intarissable source à paroles que cette Julienne ! Evelyne commençait à tout voir onduler autour d'elle. Elle s'accrocha ferme à la rampe pour monter au premier.

— On l'a mis dans ce qui était votre chambre, mademoiselle. Les ouvriers n'y sont pas encore. Et tout y est plus pratique et plus propre qu'ailleurs. Quand il ira mieux... si le bon Dieu le veut ... on le transportera chez lui. Mais comme il vit seul, il faudra qu'il reste ici tant qu'il aura besoin de soins...

Julienne se tut. Le silence soudain parut écraser la vieille demeure tout entière. Julienne gratta à l'huis de l'ancienne chambre d'Evelyne.

Juste !... Il était là, dans le lit en forme de bateau. Près de lui, une jeune fille en blouse et foulard blancs veillait. Evelyne s'approcha sur la pointe des pieds, suivie de Julienne qui, bien qu'en soulevant les bras pour s'alléger et en tirant la langue d'application, marchait comme un éléphant à faire vibrer jusqu'aux fenêtres !

Juste entrouvrit les yeux. Son teint était cireux, ses prunelles éteintes. Elles s'éclairèrent cependant quand il vit Evelyne. Elle s'approcha plus encore. La jeune fille inconnue se leva et s'éloigna un peu. Evelyne se pencha :

— Juste... mon pauvre ami... souffrez-vous ?

— Vous êtes venue !

— Oui, mon ami. Nous sommes tous consternés. Je vous apporte les encouragements de nos affections.

— C'est Me Bompart qui... vous... a...

— Oui. Il m'a fait prévenir. J'ai pris l'avion.

— ... l'avion... pour... moi ?

Il était vraiment pâle à faire mal. Au-dessus de sa jambe blessée, on avait dû mettre un arc de cercle, peut-être la moitié d'une ceinture de tonneau, pour que le drap ne pèse en rien sur la blessure.

— Evelyne...

Il refermait les yeux. La jeune inconnue qui parlait très bas avec Julienne, revint et murmura :

— Mademoiselle, pardonnez-moi. Il faut le laisser se reposer en attendant que le docteur arrive pour la transfusion.

Elle était sympathique, très brune ; son foulard était noué au-dessus d'un lourd chignon à la mode d'antan. Jolie... Evelyne fit un signe d'assentiment mais se pencha une dernière fois vers le blessé. Elle effleura de ses lèvres le front embrumé de sueur froide. Il ne réagit pas.

Evelyne recula, pas à pas. Sans qu'elle s'en rende compte, Julienne lui avait ouvert la porte. Elle se retrouva dans le couloir, marcha comme une somnambule jusqu'à l'escalier, commença à descendre et là, tout à coup, s'assit sur une marche et éclata en sanglots.

— Allons... Allons... faut pas pleurer comme

ça, mademoiselle Evelyne. Il s'en tirera, notre Juste ! Le docteur l'a dit. Ce n'est qu'une plaie du muscle, rien de vital n'est atteint.

Julienne reniflait, avec une moue de gros bébé.

— Le docteur lui a déjà fait des tas de piqûres, pour le tétanos, je crois, et pis des antibiotiques, et pis des tas de trucs que je sais pas, mais qu'Oliva vous dira.

— Oliva...

— Cest la petite que vous avez vue. Une force sous cette jeunesse, vous pouvez pas vous imaginer. Le docteur a pas eu le dernier mot, avec elle ! Et gentille avec tous...

Juste ! ... le prénom de l'ami sonnait dans la tête d'Evelyne ! Juste... Juste ! Elle ne savait pourquoi elle se sentait responsable. C'était absurde.

— Mademoiselle Evelyne !

Elle leva la tête, vit, au bas de l'escalier, au travers de ses larmes, le crâne chauve, la figure poupine de Me Bompart. Il monta vers elle, qui s'effondra sur son épaule. Il avait, derrière ses verres de myope, les paupières plutôt rouges, lui aussi.

— Allons, mon petit, du courage. Il s'en sortira, notre Juste. Vous verrez !

C'était symptomatique cette façon que tous avaient de l'appeler « notre Juste »... C'était un être merveilleux. Me Bompart continuait :

— On est de rude souche, ici. Allez, venez avec moi. Le docteur ne va plus tarder à revenir et la jeune Oliva est suffisante au chevet de notre pauvre ami.

Tout en obéissant, Evelyne cherchait à retrouver son contrôle, à mater ces spasmes qui la secouaient comme un arbre dans la tempête. Elle n'était pourtant plus une enfant ! Le brave notaire la tenait ferme, en lui parlant doucement comme à un bébé. Lui aussi avait toutes les délicatesses !

— Venez à la salle de réception-dégustation. Il faut que vous preniez un remontant. Avez-vous déjeuné, au moins ?

— Non.

Elle avait tout bêtement oublié ! Dans l'avion, les hôtesses n'avaient distribué que des rafraîchissements.

— Comment voulez-vous tenir, alors ? Julienne ?

La brave femme courut pour les rattraper. Elle avait dû s'accorder un ou deux sanglots, elle aussi, derrière la porte du perron. En même temps qu'elle, une autre silhouette s'avançait.

— Oh ! Mademoiselle Evelyne ! Croyez-vous, tout de même !

— Marguerite...

— Un vrai malheur ! Pourvu qu'il s'en tire !

— Mais bien sûr qu'il s'en tirera, voyons, Marguerite !

Me Bompart roulait des yeux fâchés qui firent baisser le nez de l'emballeuse. Elle était moins prolixe que Julienne, et moins hardie. Me Bompart l'intimidait. N'empêche que cet impressionnant personnage avait les mains plus tremblantes que d'habitude, lui aussi !

Il fit asseoir Evelyne devant la longue table de bois familier, puis partit s'agiter derrière le comptoir pour trouver verre, bouteille... Julienne était debout près de Marguerite vissée au sol, comme hébétées toutes deux. Elles regardaient le notaire sans avoir l'idée d'offrir leur aide. Mais lui y pensa !

— Nom de nom ! Vous ne pouvez pas courir chercher un couvert ? Il y a bien un jambon de Bayonne quelque part ici. Il faut que Mlle Evelyne avale quelque chose. Allez, ouste ! Dépêchez-vous, et pas de bruit dans la maison, hé !

Elles disparurent. Me Bompart émergea de derrière le comptoir avec un verre et une bouteille de vin. Celui que l'on faisait déguster aux clients.

— Allez, buvez-moi ça !

— Oh ! non...

— Si. Vous allez m'obéir, vous aussi. Vous êtes décolorée et vos yeux mangent votre figure. Pas question de tourner de l'œil ! Ici, il n'y a et il n'y aura qu'un malade : Juste !

Le vin la brûla à la gorge. Elle repoussa le verre.

— Buvez !

— Mais...

— Buvez, dis-je... Ah ! mais alors ! Hé, voilà Marguerite, avec du jambon et du pain. Vous allez pouvoir retrouver des forces. Il nous en faut, à tous.

Il coupa une large tartine en petites bouchées. Evelyne se rappela que sa mère faisait de même. Ses larmes coulaient toujours, soulageant ses nerfs, mais les spasmes avaient cessé.

— Voilà que vous reprenez couleur de vie. Ça va aller !

Cher Me Bompart !... Petit notaire, mais grand bonhomme ! La tête d'Evelyne sonnait, douloureuse.

— Votre secrétaire m'a très peu parlé de l'accident. J'aimerais avoir votre version, maître ?

— M. Randalle ne vous a pas téléphoné, à Paris ?

— J'étais à l'extérieur quand il a appelé la banque. Mon chef m'a prévenue dès mon retour. Mais M. Randalle ne lui avait donné aucun détail. J'ai aussitôt pris contact à votre étude. Votre secrétaire m'a expliqué brièvement l'accident, mais sans entrer dans les détails. L'heure de l'avion...

— Je vois, fit Me Bompart. Eh bien, voilà. Juste, vous le savez comme nous tous, est un garçon formidable, fantastique ! Je ne comprends pas comment il a pu remonter seul presque toute la pente de l'arpent ! Marguerite a failli se trouver mal en le trouvant, couvert de sang et évanoui. Il y a plusieurs nouveaux employés aux emballages et dans le laboratoire où on étudie maintenant les hybrides. C'est une nouvelle laborantine, spécialisée dans ce travail, qui a tout de suite pris les opérations en main. Elle a calmé l'affolement général. Elle avait pris des cours de secourisme. Elle a fait appeler le docteur, posé elle-même un garrot au-dessus, et un autre au-dessous de la blessure. Elle m'a aussi fait prévenir, sachant mon attachement à Juste.

« Bref, sans elle, je crois que l'accident aurait été fatal à Juste. Il lui doit une fière chandelle à cette gamine !

Me Bompart se mit très vite à parler des modifications déjà apportées au travail des ceps et des vins à La Rouzille, tandis qu'Evelyne redevenait elle-même.

— Ce que je ne comprends pas, maître, c'est que M. Randalle m'ait fait demander de venir en avion, c'est-à-dire le plus vite possible, alors que lui n'a pu se dégager de ses obligations. Je le croyais plus attaché à La Rouzille et à ses employés. A Juste, surtout !

— Je vois que vous ne paraissez pas très au courant des activités de M. Randalle.

— J'avoue...

— J'ai dû vous dire, il me semble, qu'il a, entre autres affaires, une écurie de voitures de courses automobiles ? Une vieille affaire qu'il a achetée pour la remonter, et surtout pour y adjoindre une fabrique de voitures de série. Or, demain, il conduit lui-même un de ses premiers prototypes de circulation routière. C'est, je crois, le Mobil Economic Run, qui se déroule de Montpellier à Nice. Il me semble qu'il s'agit d'une démonstration d'économie de carburant pour la meilleure vitesse sur route. Ensuite, il y aura le circuit de Monaco, mais avec les bolides, les formule 1, je crois. Si M. Randalle n'a pu venir au chevet de Juste, c'est certainement qu'il a été pris par quantité de formalités concernant ces deux courses. Il m'a précisé que, pour le Mobil Economic Run, il ne voulait laisser personne d'autre que lui prendre les risques inévitables dans ce genre d'épreuves. Vous ne lisez pas les journaux ?

Non, elle n'avait pas lu les journaux. Elle murmura, comme dans un rêve :

— Il est venu chez moi, avant-hier. Il ne m'a rien dit de tout cela...

Me Bompart n'insista pas. Il se contenta de dire avec conviction :

— M. Randalle est fait sur le même modèle que Juste.

La protestation d'Evelyne jaillit comme un éclair :

— Ah ! non. M. Randalle n'est pas obligé, lui, de courir. Ce qu'il veut, ce après quoi il court, c'est après l'argent, la puissance ! Tandis que Juste, lui, risque sa vie en ce moment pour le bénéfice de Ralph !

Tiens, elle l'appelait : « Ralph » ? Après tout,

elle disait bien « Juste » aussi. Me Bompart avait le sens de l'équité.

— Le fait que M. Randalle conduise son prototype lui-même, c'est pour lui, je l'ai bien compris, une sorte d'obligation d'honneur. Il ne faut pas le condamner si vite ! Les journaux ont relaté sa conduite courageuse, lors du hold-up manqué à Paris.

Elle hocha la tête. Elle revoyait Ralph, se déplaçant lentement pour lui faire un rempart de son corps ! Cela, Me Bompart ne le savait pas.

— Croyez-moi, mademoiselle, Juste et lui, ce sont, sur deux plans différents, deux hommes courageux et sincères. Mon métier me permet de reconnaître immédiatement ceux qui mettent l'argent, le pouvoir, au-dessus de tout. Ni Juste ni M. Randalle n'ont ce travers. Ils ont, au contraire, en commun, une haute conscience de leurs responsabilités.

Elle repoussa ses cheveux en arrière... Ses cheveux plus longs, qui laissaient son front dégagé. Cette coiffure lui allait mieux, avait dit Ralph... Les larmes, de nouveau, coulaient sur ses joues. C'était trop ! Tout à la fois ! Le hold-up manqué, la soirée chez elle avec Ralph... et, aujourd'hui... Juste !

Elle répondit machinalement aux questions du petit notaire concernant l'attaque de la banque. Il s'exclamait à chaque mot, lui dont la vie n'avait été qu'une succession de jours monotones et tranquilles.

— Vous voyez ! Là encore, M. Randalle a failli payer de sa personne. Pas pour l'argent, je suis sûr que vous en êtes persuadée, mais pour faire échec à ces bandits et sauver ses employés !

— Peut-être...

En était-elle arrivée à ce point d'amertume qu'elle ne pouvait plus juger sainement de ce qu'était Ralph Randalle ?

— Maître... Ces courses, c'est vraiment dangereux ?

— Je ne suis pas compétent en la matière, mais un prototype est toujours une machine inconnue tant qu'elle n'a pas fait ses preuves, en concurrence avec d'autres. Les moteurs ont dû être revus sérieusement, il n'empêche qu'il y a toujours un risque. Le Mobil Economic Run, en soi, ne doit pas être très dangereux, mais c'est quand même un test pour les marques. Chacune doit y prouver toutes les possibilités de sa mécanique. Et, demain, M. Randalle, sera le point de mire de tous les fans des rallyes des amateurs de vitesse et des fabricants de carburant !

— Alors, si Juste, en ce moment, joue sa vie ici, M. Randalle, d'après vous, expose ailleurs la sienne pour un motif valable ?

— Exactement.

Evelyne prit son mouchoir, essuya énergiquement ses yeux.

— Si vous permettez, maître, je vais tenter de me rendre plus présentable. Je trouve que ce docteur tarde vraiment beaucoup.

— Non... il est là depuis un bon moment déjà.

— Comment ?

— Vous vous restauriez et ne l'avez pas entendu. Je ne vous ai pas avertie pour vous laisser le temps de vous reposer.

— Que fait-on ? Nous attendons ?

— Hé oui. Nous ne ferions que gêner. Cette petite Oliva est très bien. Aucune infirmière ne saurait aider mieux le docteur. Et celui-ci a dû retenir une garde pour cette nuit.

— Je serai là, moi !

— Ecoutez, on va aller jusqu'à la maison. On s'installera dans le salon. On sera tout près si on a besoin de nous. Et on pourra attraper le docteur au passage.

Le salon avait toujours sa même odeur de moisi. Mais le soleil timide du jeune printemps y entrait à volonté. Les meubles, rassemblés au centre de l'immense pièce, étaient houssés de linges blancs. Il ne devait pas y avoir très longtemps que les peintres avaient fini leur besogne. Ils avaient respecté la sobre nudité des peintures anciennes. Mais le plafond reblanchi, les dorures d'encadrement des panneaux de bois donnaient un air joyeux à la pièce.

Me Bompart dégagea deux chaises de leurs housses et en offrit une à Evelyne.

En haut, dans la chambre au lit-bateau, on devait être en train de procéder à la transfusion.

— Vous pensez qu'on pourra le voir, ce soir ?

Me Bompart eut une grimace d'incertitude.

— Je ne sais pas. Le Dr Mervaneau est un excellent praticien. Je le connais très bien. C'est « mon » docteur. Mais il a un caractère plutôt... euh... rude. Si je vous dis que la jeune Oliva est fort capable, c'est parce que j'ai entendu le docteur la complimenter. Et ça... c'est rare, vous pouvez m'en croire. Je vous préviens, il est très... direct !

— Cela veut dire qu'il ne mâche pas ses mots ?

— Plutôt, oui.

— Vous-même, maître, vous n'aviez pas de rendez-vous à l'étude aujourd'hui ?

— J'ai tout décommandé, je resterai ici jusqu'à ce que le toubib me dise si Juste est sorti d'affaire.

— Ce peut être long !

Ce le fut, en effet et Me Bompart, appelé par sa secrétaire affolée, qui ne retrouvait pas le dossier d'un client, dut, en maugréant, s'absenter une bonne heure.

Evelyne éprouvait un sentiment de lucidité que jamais encore elle n'avait connu. Le choix ne dépendait plus d'elle ! Juste... s'il restait infirme, dépendant, elle lui consacrerait sa vie ! Il aurait priorité.

Un brouhaha chuchotant. Quelqu'un descendait l'escalier. Evelyne bondit et surgit du salon en se cognant presque à un homme maigre, moustaches grises, costume noir. Son aspect n'avait rien de réjouissant.

— Docteur Mervaneau ?

— Oui. Me Bompart est là ?

— Non. Il a été appelé d'urgence à l'étude. Mais il va revenir.

— Bon. Je lui téléphonerai.

— Comment va M. Cazenove ?

Il eut l'air tellement pincé qu'elle ajouta :

— Je suis la petite-nièce de Mme de Saint-Arral.

Dans le regard aigu de l'homme en noir passa un éclair d'intérêt.

— Ah ! oui... l'héritière !

— Si on veut. Comment va M. Cazenove ?

Evelyne aussi savait faire preuve d'autorité. L'expression de ses yeux cernés d'ombre rejetait tout ce qui n'était pas sa question. Cet homme ne pouvait deviner que de sa réponse dépendait la vie, l'avenir, le bonheur de la jeune fille qu'il avait devant lui.

Oliva, arrêtée quelques marches plus haut, les regardait. Elle était plus que jolie. La blancheur de sa blouse et de sa coiffe soulignait la matité de sa peau. Elle était absolument le type de la Bordelaise. Regard profond et sombre. Lèvres bien dessinées. Souriait-elle, parfois ?

— Alors, docteur ?

— Vous tenez beaucoup à M. Cazenove, à ce que je crois deviner ?

— Exact. J'ai travaillé ici, avec lui, plus de trois mois après le décès de Mme de Saint-Arral.

— Il vous a réclamée depuis son accident ?

— S'il ne l'a pas encore fait, il le fera. Dès qu'il en aura la force. Me Bompart vous le confirmera. Je l'ai vu d'ailleurs, avant que vous arriviez. Je vous précise également que M. Randalle, à qui appartient le domaine, m'a priée de venir auprès de Juste au plus vite

— Je vois. Vous avez bien mauvaise mine. M. Cazenove est hors de danger. Il n'encourt que le risque d'une infection, toujours à redouter. Je lui ai fait une transfusion. Maintenant, il est sous perfusion et sérum d'antibiotiques. Mlle Oliva... — et il releva son visage glabre vers la jeune fille immobile dans l'escalier — ... Mlle Oliva est très capable, je suis sûr, de faire une infirmière occasionnelle. Il vaut mieux que ce soit elle, et elle seule qui soigne M. Cazenove. Si on prend une infirmière, connaissant Juste, moi aussi, et depuis plus longtemps que vous, je sais que cela risque de l'inquiéter et de le contrarier. Résultat : il ne voudra pas se laisser soigner ici.

— Mais, je suis...

— Je comprends fort bien votre désir d'être utile, mais vous n'êtes pas infirmière, n'est-ce pas ?

Evelyne s'empourpra comme si c'était une honte.

— Non. Cependant, Juste...

— Il a besoin de repos, mademoiselle, de beaucoup de repos. Il a usé ses forces à rénover La Rouzille. C'est un consciencieux. Il était déjà très fatigué avant cet accident. D'ordinaire, il ne veut jamais m'écouter mais là, je le tiens. Et je ne le lâcherai pas de sitôt. Il dort pour l'instant et, avec le traitement qu'appliquera Mademoiselle, laquelle sait faire les piqûres, changer les pansements, régler la perfusion... il dormira encore demain, et somnolera les jours suivants. Il faut s'attendre à une poussée de fièvre. Donc, le plus de calme possible. Je vous ferai savoir, ainsi qu'à Me Bompart, quand vous pourrez le voir. Je ne veux pas de défilé de pleureuses ici.

« Direct », avait dit Me Bompart. Certes oui, il l'était, ce maigre docteur... Mais aucun doute, il SAVAIT ce qu'était Evelyne pour Juste.

— Quand puis-je espérer lui parler ? demanda-t-elle simplement.

— Pas avant trois jours pleins.

Il vrilla une fois encore ses yeux sans douceur dans ceux d'Evelyne. Ce fut un dialogue plus incisif que les mots. A son avis, Evelyne n'était que trouble et danger pour son malade. Peut-être cet homme avait-il raison ?

Il souleva son chapeau en regardant la jeune Oliva :

— Mademoiselle, rappelez-vous bien ce que je vous ai dit. Vérification du drain toutes les heures.

Elle fit « oui » de la tête. Evelyne tenta un dernier essai.

— Ne pourrais-je relayer Mademoiselle ? Sinon, elle ne dormira pas du tout.

— Et vous ? Etes-vous sûre de ne pas sombrer dans le sommeil dès que vous serez assise au chevet de Juste ? Vous feriez bien de prendre du repos avant de repartir !

— Mais je ne repars pas ! J'attendrai votre autorisation ici. Je veux voir Juste.

Autre regard sans aménité.

— De toute façon, j'ai commandé une garde de nuit. Vous voilà donc rassurée en ce qui concerne la santé de Mlle Oliva, non ?

Second coup de chapeau, et il s'éloigna. Il avait dû être médecin militaire !

Evelyne pensait : « Quelle brute ! »... La jeune Oliva s'approcha d'elle.

— Vous savez, mademoiselle, le Dr Mervaneau est un peu bourru, mais très compétent.

Elle était sympathique.

— Vous pensez sincèrement que ce qu'il dit de l'état de M. Cazenove est exact ?

— Oui, mademoiselle. Actuellement, il n'y a plus aucun danger pour la plaie. Ce docteur soigne ma famille et moi-même depuis ma toute petite enfance, vous pouvez lui faire confiance. Ce qu'il faut à M. Cazenove, c'est du repos. A vous de juger. Je ne veux à aucun prix m'imposer. J'ai fait des stages comme garde de nuit dans une clinique, pour pouvoir terminer mes études. Nous sommes nombreux à la maison. Le docteur le sait.

Evelyne fut touchée de cette simplicité.

— Je crois, mademoiselle, tout comme le docteur, que vous êtes bien la seule personne ici capable d'aider M. Cazenove à guérir. S'il me réclame, dites-lui que je reviendrai à La Rouzille dès que j'en aurai la permission. Qu'il ne pense surtout pas que je n'ai pas voulu m'attarder. S'il ne s'agissait que d'un ou deux jours, je pourrais peut-être attendre, mais je suis comme vous, je travaille. Je dois repartir. Vous comprenez ?

La jeune Oliva baissa la tête en signe d'assentiment.

— De toute façon, puisque le docteur a commandé une garde de nuit, je pourrai, de mon côté, me reposer un peu. Vous, vous avez été, m'a-t-on dit, gravement atteinte par un accident récent ! Il vaut mieux ne pas vous imposer cette fatigue nerveuse en plus.

Elle avait l'air gêné. Pourquoi ?

— Merci. Dès qu'on pourra voir Juste, vous direz à Julienne de prévenir Me Bompart, il se mettra en rapport avec la banque où je travaille. J'accourrai aussitôt.

— Bien.

Elle se détourna et remonta l'escalier. Evelyne se souvint de sa gêne lorsque Ralph l'avait suivie, à cet endroit, lors de la première visite à La Rouzille !

Ralph ! Elle en revenait toujours à lui ! Il valait peut-être mieux, en effet, si Juste ne risquait rien, qu'il ne la voie pas trop. Il ne fallait pas, s'il redevenait l'homme fort et en bonne santé qu'il était, qu'elle le fasse souffrir par son amitié, alors qu'il attendait d'elle de l'amour.

Dans le grand salon repeint, tout à l'heure, elle était prête à offrir sa vie à Juste s'il devait rester infirme.

Tel n'était pas le cas, d'après le docteur. Restait une autre tâche pour Evelyne.

Elle ouvrit la porte, dévala le petit perron, courut jusqu'à la salle d'accueil-dégustation. Julienne et Marguerite apparurent aussitôt.

— Alorsss ?

Evelyne leur répéta à peu près ce qu'avait dit le médecin.

— Bé, s'il dit que M. Juste ne risque plus rien, c'est qu'il ne risque vraiment plus rien ! Je le connais, hé, le Dr Mervaneau. Il est avec ses malades comme un chien avec un os ! Tant qu'il n'a pas tout récuré, il lâche pas !

— Jésus... Marie... tant mieux !

— Ecoutez, trancha Evelyne, je vais téléphoner à Me Bompart. Ce n'est pas la peine qu'il se dérange pour rien. Juste dort.

— Vaï. Et vous, mademoiselle Evelyne ?

— Moi, je vais repartir et je reviendrai dès que votre satané docteur me le permettra. Je vais appeler, d'ici, pour avoir un taxi. Avec un peu de chance, j'attraperai peut-être le train de dix-neuf heures.

— Vous partez ? Vraiment ?

Elles avaient l'air si navré ! Evelyne eut un pâle sourire.

— Je travaille vous savez, moi aussi.

— C'est vrai. Eh bé, moi, je vais vous préparer un sandwich parce que vous me faites mal à être si blanche !

C'était Julienne qui avait décidé, mais Marguerite lui emboîta le pas, et toutes deux s'éloignèrent.

Evelyne passa derrière le comptoir. Elle trouva le Bottin, appela l'étude de Me Bompart.

— Il est avec des clients, je ne puis vous le passer, dit la secrétaire.

— Alors, faites-lui la commission. Dites-lui que M. Cazenove est hors de danger, que les visites lui sont totalement interdites pendant au moins trois jours. Dites-lui également que je repars pour Paris et que je reviendrai très vite à La Rouzille.

Puis elle chercha fébrilement une adresse dans le Bottin. C'était en parlant à Julienne que l'« idée » lui était venue. Juchée sur le haut tabouret, elle se sentait chez elle. Elle retrouvait tous les gestes habituels. Etait-elle donc vraiment faite pour vivre là ? Elle ne savait plus. Il lui semblait entendre à nouveau le chuchotement émerveillé de Juste « Vous êtes venue !... ». Comment décevoir une telle foi ?

Elle donna un autre coup de téléphone, raccrocha, chercha de nouveau dans le Bottin. Cette fois c'est le grelottement du téléphone qui l'interrompit. Me Bompart...

— Alors, on me dit que Juste va bien ?

— C'est ce qu'a affirmé votre ours de docteur, mais on ne pourra le voir avant trois jours. Et encore ! Si tout se passe comme il l'espère. Seule, la jeune Oliva a le droit d'être auprès de lui, et de le soigner. Quant à moi, j'ai été proprement éjectée.

Me Bompart, après un « ouf ! » de soulagement, se permit un petit rire malicieux.

— Je vous avais prévenue.

— Heureusement ! Parce que ce phénomène n'aurait plus qu'un œil à l'heure actuelle. Je lui aurais arraché l'autre avec plaisir.

— Hé là ! Hé là ! Mais c'est que vous vous révélez sanguinaire, mademoiselle Evelyne ?

Evelyne pouvait sourire aussi, maintenant ! Cher Me Bompart !

— Si ce n'est pas abuser de votre obligeance, j'ai un service à vous demander, maître.

— Accordé.

— Pourriez-vous venir me prendre à La Rouzille et m'emmener à Bordeaux ? Je veux louer une voiture.

— Vous partez en voiture ? Mais...

Evelyne se sentait tout à fait bien. C'était

comme si on lui avait ôté un poids qu'elle avait porté jusque-là sur les épaules !

— Oui, je pars. Puisque ici je ne puis être utile à rien.

— Excusez-moi si je suis curieux, mais pourquoi louer une voiture ? Le voyage en train jusqu'à Paris serait bien plus confortable.

— Vous m'avez dit que M. Randalle va risquer sa vie à Montpellier, dans une course automobile. J'ai décidé de m'y rendre.

Le notaire était éberlué. Qu'avaient-ils donc, ces jeunes fous ? Cette jeune fille, si équilibrée, si posée, quelle force la poussait ? Elle paraissait avoir retrouvé non seulement son moral mais son tonus de naguère. Et elle savait ce qu'elle voulait, à en juger par le ton de sa voix au téléphone ! Me Bompart avait beau être ce vieux célibataire qui se vantait à l'occasion d'avoir échappé aux femmes, il savait reconnaître un vrai sentiment. Seul, l'amour pouvait soutenir sa jeune amie. L'instant d'avant, effondrée, perdue. Et maintenant...

— Bien, j'arrive.

Il fut là en très peu de temps, en effet. A peine ce qu'il fallut de temps à Julienne et à Marguerite pour préparer un panier de grand-mère d'où dépassait un goulot de bouteille scellé de cire rouge ! Evelyne ne put retenir le fou rire nerveux qui la saisit devant ce spectacle.

— Eh bien ! On s'amuse ici.

Maintenant, elles étaient trois à rire à en pleurer. Les femmes ! Me Bompart avait une mine tellement scandalisée que l'hilarité du trio redoubla.

— Mais qu'est-ce qu'il y a ? Me direz-vous, à la fin ?

— Rien... rien... hoqueta Evelyne,... ce sont les nerfs.

Les nerfs ! Le notaire ne voyait pas du tout en quoi les nerfs de ces dames avaient à faire avec ce panier brandi par Julienne ! Un jour comme celui-là !

Evelyne s'essuya les yeux. D'un seul coup, sa gaieté s'envola.

Julienne prit la parole :

— Dites-lui, maître, qu'elle a tort de remonter à Paris ce soir. Il vaudrait mieux qu'elle se repose ici !

Donc, Julienne et Marguerite n'étaient pas au courant de l'intention d'Evelyne d'aller retrouver Ralph Randalle ? Les grands yeux que la jeune fille posait sur lui réclamaient le secret.

— Bien. A votre disposition, mademoiselle Dandrieux.

— Je lui ai préparé un panier de provisions !, s'exclama Julienne. C'est pour ça qu'on rit.

Me Bompart ouvrit la bouche sans pouvoir émettre un son. Allait-il s'esclaffer à son tour ? Un notaire doit garder la face. Il se permit seulement un « Dioubiban » (1) sonore lorsqu'il coinça le pan de son pardessus dans la portière, et démarra avec assez d'allure.

La circulation était dense, mais on roulait. Ils arrivèrent à la première des adresses de location d'autos relevées par Evelyne, passèrent vite à une autre. A une troisième, l'affaire fut très vite conclue. Evelyne ramènerait elle-même la voiture.

Me Bompart semblait bouder.

— A bientôt, mademoiselle Evelyne. Mes amitiés à M. Randalle. Il est prévenu ?

Elle rougit en secouant la tête.

Il insista :

— Et si j'avais besoin de vous joindre, où pourrais-je vous appeler ?

— Dès que j'aurai trouvé un hôtel, mais pas avant demain matin. Vous êtes sûr de votre docteur, n'est-ce pas ? Il m'a affirmé avec une telle conviction que Juste était sorti d'affaire...

— C'est qu'il l'est. Vous pouvez être tranquille.

— Je n'aurais pas eu l'idée de partir si ce docteur n'avait été aussi affirmatif, j'espère que vous n'en doutez pas ?

Elle avait l'air d'une accusée au banc de la justice ! Juste... jusqu'à cette ultime seconde, elle n'avait pas eu l'impression de l'abandonner. Pourtant, les yeux de Me Bompart étaient presque

(1) Dioubiban : juron : Dieu vivant !

sévères. Elle agissait là presque à son corps défendant. Une force la poussait. Elle aurait peut-être dû rester à La Rouzille, ou à Blaye si, par malheur, une complication se produisait dans l'état du blessé. Mais elle n'était plus capable de juger de ce qui était sage ou pas.

Me Bompart coupa court.

— Bien. Alors, au revoir.

Elle mit le contact, démarra. Roulait-elle vers l'amitié, tout comme elle était venue au chevet de Juste ? Non. Elle savait parfaitement que non. D'avoir revu Juste, de trembler pour lui, avait été une révélation.

Elle courait vers Ralph. Vers ce qu'il voudrait faire d'elle. Elle se rendait ! Elle l'aimait au-delà du temps, des convenances, de ses propres convictions et de ses peurs. Elle l'aimait ! Parce que c'était « lui ». Et qu'elle avait été mise sur terre pour le rencontrer ainsi, à un tournant de sa vie. Pour toujours... à jamais...

La nuit était largement entamée lorsqu'elle se retrouva à Montpellier, après avoir roulé comme une inconsciente, sans savoir comment il pouvait se faire qu'elle ne se soit pas trompée d'itinéraire. Elle chercha longtemps un hôtel. Tous affichaient : « complet ». Elle tourna, vira dans les rues étroites de la vieille ville, se retrouva sur des boulevards extérieurs, replongea vers le centre, traversa la fameuse place de la Comédie, une fois, deux fois...

Alors qu'elle allait abandonner et se décider à prendre du repos dans sa voiture, elle dénicha un gîte dont le nom lui parut sympathique : « Hôtel Mistral ». Une chambre ? Le gardien de nuit se gratta la tête.

— Oui, il doit bien rester une chambre, en haut. Pour combien de jours ?

— Je l'ignore. Puis-je vous demander où aura lieu, demain, le départ de la course Mobil Economic Run ?

— Sais pas. Vous demanderez au garçon d'étage.

Elle se sentait ridicule, avec sa petite valise et son panier de victuailles. A l'étage, allongé sur un canapé, le garçon dormait. Après une hésitation, Evelyne le réveilla. La course ?... Oui il était au courant, et drôlement même !

— C'est pas difficile ! Les stands de départ sont tout près d'ici, au Parc des Sports. Demain matin, tout à l'heure, puisqu'il est déjà deux heures du matin, il y aura le circuit de présentation dans Montpellier même. Un drôle de circuit, moi je vous le dis ! Ils prendront l'avenue de la Pompignane jusqu'au carrefour du Vert-Parc, à angle aigu, dites donc !... Ils traverseront le Lez par l'avenue de Nîmes, ils prendront l'avenue Jean-Mermoz après le pont du Verdanson, et boucleront au Parc des Sports après le pont Juvénal. Une seule ligne vraiment droite, et tout le reste en virages. Deux tours, qu'ils feront ! Puis ils fileront pour la course proprement dite, sur Nice par Castelnau-le-Lez. Oh ! je vais me débrouiller pour aller voir ça ! Vous inquiétez pas, je vous réveillerai à temps, et même j'essaierai de vous accompagner !

Evelyne, les tempes battantes, pensait que Julienne aurait trouvé là plus bavard qu'elle dans ce garçon à peine réveillé, qui débitait ses phrases à toute vitesse !

— Merci. Je me rendrai aux stands directement. C'est donc au Parc des Sports ?

— Tout juste, mademoiselle. Ils sont installés au carrefour Juvénal-Pompignane et avenue de la Mer.

— Merci. Je compte sur vous pour me réveiller, n'est-ce pas ?

— Et comment ! Vous aimez le sport automobile ?

C'était autre chose, qu'elle aimait. Elle sourit pour elle-même, gratifia l'obligeant garçon d'un pourboire à la mesure de son émotion et, refermant la porte de sa chambre, s'y appuya, yeux fermés. Elle savourait déjà l'instant qu'elle était venue chercher jusque-là ! Ralph... Elle allait le revoir, fondre, comme chaque fois, sous ses yeux de fauve dont elle rêvait tant. Accepterait-il, pour elle, de ne pas risquer sa vie dans cette course absurde ? Elle n'était sûre de rien. Et si elle était venue là pour se voir repousser ?

— Non ! Oh ! non... Ralph...

Elle était certaine qu'il l'avait entièrement, totalement devinée. Ses maladroites audaces, ses reculs offusqués, ses refus, ses abandons... Il avait tout compris d'elle. Bien mieux que le pauvre Juste. Celui-là, c'était la tendresse. L'autre... le feu ! Elle voulait croire que Juste guérirait, et qu'elle pourrait choisir « l'autre » et ses flammes...

Elle s'attendait à ne pas dormir. Pourtant, un peu plus tard le jeune garçon d'étage dut la secouer pour la réveiller !

— Excusez-moi, mademoiselle, j'ai frappé et vous n'avez pas eu l'air d'entendre. Alors je suis entré. Si vous voulez voir le premier départ, je crois qu'il faut vous dépêcher !

Quand elle arriva près du Parc des Sports, elle erra assez longtemps sans trouver un emplacement où garer sa voiture. Que n'était-elle venue à pied ? C'était, en effet, assez près de l'hôtel. Les stands ? Sans aucun doute ce devait être ces tentes orange qu'entourait déjà la foule.

Evelyne prit un billet à une guitoune de fortune qui tanguait sous la poussée des spectateurs impatients.

Et ce fut comme si elle avait été transportée sur une autre planète ! C'était bien de Ralph, d'évoluer dans cette atmosphère de fièvre, d'appels, de vrombissements, de radios hurlant à plein régime, d'hommes vêtus de combinaisons et de casques de toutes les couleurs...

— Pardon, monsieur, où se trouve le stand des... ?

Elle resta bouche ouverte ! Elle ignorait la marque des voitures de Ralph ! Devant le mécano ahuri, elle partit d'un grand rire fou qui la plia en deux.

Enfin, elle reprit son sérieux.

— Je voudrais voir M. Randalle. C'est un pilote.

— Connais pas. Demandez au type là-bas, c'est le commissaire.

Une hâte fébrile la prit soudain. Et une peur.

— Monsieur, connaîtriez-vous un « Randalle » qui lance aujourd'hui une voiture de série portant un nom de formule 1 ?

Elle ne se demandait même pas comment elle avait retenu ce terme « formule 1 » ! Comme la veille, dans le salon de La Rouzille, elle éprouvait une curieuse impression de flotter, de n'être plus elle-même.

— Comment dites-vous qu'il s'appelle ? questionna le commissaire, en feuilletant une liasse de papiers qu'il tenait à la main.

— Randalle. Ralph Randalle.

— Randalle... Randalle. Ce n'est pas cet Américain qui...

— Si.

L'homme la toisa avec surprise. Ces bonnes femmes, tout de même ! Elles ne pouvaient pas ficher la paix aux pilotes ? Elles ne se rendaient pas compte à quel point ils avaient besoin de concentration et de sang-froid, et combien le monde où ils vivaient était « leur » monde !

— Allez voir ces mécanos en combinaisons rouges et blanches. Ce doit être son écurie.

Elle courut dans la direction indiquée.

— Pardon, monsieur. Où est le stand des voitures de M. Randalle ?

— Ralph ?

— Oui... oui... Ralph Randalle.

— Ben, on ne peut pas dire que c'est un stand, mais je fais partie de son équipe.

Elle retint son souffle.

— Il est ici ?

— Pour l'instant, il boucle son premier tour.

Celui-là, au moins, ne paraissait pas s'étonner de la voir là !

— Euh... sous quelle marque court-il ?

— Quoi ?

Là, il examina mieux l'innocente !

— La sienne, pardi !

Elle se mordit les lèvres. Comme si cela pouvait avoir de l'importance !

— Et... euh... cela se présente bien ?

Là, l'obligeant mécano avait son compte !

— Vous le lui demanderez vous-même. La course n'est pas commencée. On en est aux petits galops d'essai. Son copilote doit le relayer au second tour pour se faire la main. Dites-moi, vous le connaissez bien, Randalle ? En principe, c'est pas l'heure des visites, vous savez !

Parce que, tout de même, les coureurs n'ont pas à se laisser distraire par des gamines en mal d'autographes !

— Evidemment... Je suis sa femme.

Seigneur ! D'où lui venait cet aplomb ? A cause de l'expression brusquement soupçonneuse, insolente de cet homme ? Peut-être... Il ne saurait jamais qu'il aurait été le premier à qui elle dise cela ! Et si son rêve n'était qu'un rêve ? Sa femme... Il devait savoir, ce mécano, que Ralph n'était pas marié. Tant pis.

— Tenez, le voilà. La voiture jaune, vous voyez ? Le point de mire de tous ! On ne peut pas dire qu'on ne l'attend pas au tournant !

Il se rua, et d'autres avec lui, vêtus des mêmes combinaisons rouges et blanches. Le moteur, non arrêté, piaffa en rendant sa puissance, tandis que Ralph cédait la place à son copilote.

Evelyne reculait... reculait... se faisant un rempart de ces hommes gesticulant et hurlant autour de Ralph, lui donnant de grandes tapes dans le dos. Lui, il riait... riait ! Elle aimait retrouver sa gaieté simple d'enfant heureux...

C'est alors qu'il l'aperçut. Il ôtait son casque. Il se figea, lui aussi, et son rire s'éteignit. Puis... il se rua vers sa proie !

— Evelaine ! Evelaine ! Vous êtes là... Vous... ! Vous... !

Elle se sentit soulevée de terre, balancée comme une poupée de son, pressée contre ce corps dont elle avait tant rêvé sans jamais vouloir se l'avouer, entourée de ces bras qui la serraient à présent, la serraient !

— Evelaine ! my God (1) ! Evelaine !

Il lui ébouriffa les cheveux, sans souci de la décoiffer, lui prit la bouche au vol... Elle se sentit de nouveau en contact avec le sol alors qu'il ne lui avait pas lâché les lèvres, la tenait molle, offerte... ses yeux d'azur fermés à tout ce qui les environnait. Puis ses bras à elle se levèrent, ses mains se posèrent sur sa nuque d'homme pour l'attirer plus près, toujours plus près d'elle !

Elle se meurtrissait aux coutures, aux fermetures à glissière de sa combinaison, sans rien sentir que les joues de Ralph, si douces, avec son odeur d'homme. Elle encercla son visage de ses mains, réclamant, mandant avec l'impétuosité de l'innocence, qu'il prolonge son baiser.

Un long moment passa, dont ils n'eurent conscience ni l'un ni l'autre. Tout le monde les observait, mais eux ne voyaient qu'eux-mêmes ! Seulement lui ! Seulement elle !

— Evelaine, dis-moi... c'est bien pour moi que tu es là ? Pour moi, dis ?

(1) My God : Mon Dieu !

— Oui... oui...

Elle disait « oui », comme on expire.

— Tu veux... tu veux bien de moi, alors ?

— Oui... oui...

— Je t'aime tant, mon petit chat !

— Oui... Oui... moi aussi... Ralph, je vous aime... je t'aime !

Elle ne sentait pas couler ses larmes de joie. Elle avait même oublié Juste, et sa bonté, sa pureté d'homme droit et fier. Ce fut Ralph qui demanda :

— Et Juste ? Comment va-t-il ?

— On le soigne. Il est à La Rouzille. Il a frôlé la mort, mais le docteur affirme qu'il s'en tirera très bien. Personne, excepté l'infirmière, ne peut le voir pendant plusieurs jours. Alors, je suis venue...

— « Alors je suis venue... », répéta-t-il. Vers moi, Evelaine ?

— Oui.

Elle commençait à prendre conscience de tous ces sourires curieux ou complices autour d'eux. Un brusque élan de timidité la fit s'arracher à Ralph.

— Viens !

Il écarta le demi-cercle d'un grand geste du bras.

— Laissez-nous. C'est ma femme !

Lui aussi ! Lui aussi l'avait dit !

Il l'attira sous une tente où traînaient, un peu

partout, des pneus, des outillages, des uniformes blanc-rouge, des casques.

— J'ai bien fait, dis, de te présenter comme ma femme ?

Elle sourit, et la cicatrice retroussa sa lèvre d'une manière plus que mutine.

— J'ai prétendu la même chose pour avoir le droit d'arriver jusqu'à toi !

— Evelaine !

Il l'éloignait de lui, au bout de ses longs bras, les mains posées sur les épaules frissonnantes de sa proie conquise.

— Tu VEUX vraiment, Evelaine ? Je ne serai pas un mari de tout repos, tu sais. Je t'écouterai souvent, mais, parfois, je suis têtu...

— Je sais.

Elle hésita. Devait-elle lui dire que, si Juste restait diminué de sa blessure, elle... Non. Elle ne le devait pas. Et elle ne le POUVAIT pas. Etre ni à l'un ni à l'autre, elle en souffrirait à mort. Mais appartenir à Juste et l'abandonner, « lui », l'Amour ?... Car il était l'Amour...

— Tu seras toujours avec moi, dis ?

— Oui, toujours.

— Tiens, je te mets à l'épreuve. M'accompagnerais-tu avec les gars de mon équipe jusqu'à Nice ? Mes gars sont bien, tu verras. Et, là-bas...

— Oui...

— Hurrah !

Elle eut encore ce sourire qu'il ne lui avait

jamais connu et que, désormais, elle aurait pour lui seul.

— Toujours ensemble, mon petit chat !

Rien ne pourrait plus étonner Evelyne. Rien ne lui serait plus jamais impossible.

— Ralph !... Et... et... si nous avons des enfants, il faudra aussi qu'ils nous suivent ?

— Oh !... (il suffoquait presque). Tu en voudras bien, dis ? tu en voudras ?... Des enfants de toi, mon Evelaine !

— Et de toi, Ralph !

— Alors... Alors ça ! C'est par eux que tu me retiendras toujours. Rien n'existera plus au monde que toi et eux. Je ne veux plus perdre une seconde de ma vie.

Elle éclata de son rire neuf.

— On a quand même un peu de temps devant nous, non ?

Mais il restait sérieux.

— Tu ne comprends pas, petit chat ! Tant que nous serons deux, toi et moi, tu m'accompagneras. Nous nous amuserons, nous nous aimerons, nous travaillerons aussi... Je ne peux pas rester à ne rien faire, tu sais ! Oh ! Evelaine, comme nous nous aimerons ! Après... après !... nous nous aimerons encore et plus, et plus... si tu me donnes un... deux... plein d'enfants... A ce moment-là, plus rien, sur la terre, ne me volera une seconde de leur existence et de la tienne. Tu comprends, maintenant ?

— Oui, amour. Je te taquinais.

— Il faut nous marier vite, parce que je sais que je n'aurai rien de toi avant que ce doigt ait reçu un anneau, et qu'on nous ait lancé du riz sur la tête !

— Oh ! Pas un grand mariage, Ralph ! Toi et moi, seuls.

— Et si on se mariait à La Rouzille ? Ce serait formidable, non ?

— Non. Pas à La Rouzille.

Elle était devenue grave. Il comprit pourquoi.

— Tu ne regrettes rien, n'est-ce pas ? Tu l'as aimé, ce Juste ?

— Pas comme tu l'entends.

Il se raidit. Elle sourit encore. Sa vie entière ne serait plus que rires, chansons et sourires.

— Je l'aime comme un frère très cher, tu comprends ?

— Oui. Mais lui, ce n'est pas pareil ! Je sais...

— Il a rêvé un peu, mon chéri. Mais il trouvera un jour la femme qu'il mérite.

Elle songea soudain à cette jeune Oliva qui était près de lui, qui le soignait. Il lui devait la vie, à cette belle jeune fille. Qui sait ?

D'un élan, elle se tourna vers celui qui était désormais sa vie, à elle. Vers l'amour enfin accepté, vers l'amour gagnant ! Son Sauvage... Son Sauvage de minuit !

En silence, elle posa la tête sur son épaule. Il referma les bras sur elle.

FIN

Achevé d'imprimer en juin 1981
sur les presses de l'Imprimerie Bussière
à Saint-Amand (Cher)

— N° d'édit. 24. — N° d'imp. 1157 —
Dépôt légal : 2e trimestre 1981.

Printed in France

ISBN 2-235-01122-5